365天

世界經典童話

白色卷

孔倩 等 編著

風車圖書
WINDMILL

365天世界經典童話. 白色卷 / 孔倩等編著. -- 初版.
-- 新北市 : 風車圖書, 2015.07
面; 公分
ISBN 978-986-223-387-0(平裝)
815.93 104010854

社長/許丁龍
編著/孔倩、許萍萍、王越、熊英
編輯/風車編輯製作
出版/風車圖書出版有限公司
代理/三暉圖書發行有限公司
地址/221新北市汐止區福德一路392巷23號之1
電話/02-2695-9502
傳真/02-2695-9510
統編/89595047
網址/www.windmill.com.tw
劃撥帳號/14957898
戶名/三暉圖書發行有限公司
初版/2015年7月
化學工業出版社授權出版

最美好的親子閱讀時間

　　親愛的爸爸媽媽，您有多少時間和孩子一起閱讀，一起玩遊戲？孩子的成長，您給予了多少溫暖的陪伴？

　　教育專家強調，不要輕視親子共同的閱讀時間，他能傳遞最溫暖美好的親子情感；他能讓孩子愛上閱讀，養成良好的閱讀習慣；他能以孩子最能接受的教育形式，幫助孩子養成良好的性格和行為習慣……親子共同的閱讀時間，足以讓孩子受益一生。

　　童年是性格和行為習慣養成的關鍵期，在有趣的、溫暖的、美好的故事裡，孩子能找到關於成長的所有答案。我們精選了這套世界經典童話，讓孩子在閱讀故事的喜悅中，感受文學滋養，形成良好的成長導向，同時透過溫馨的「給孩子的話」，可以幫助爸爸、媽媽進行更有效的親子閱讀活動；也讓孩子自行閱讀時，從小故事學習大智慧！

　　現在，一起翻開書本，閱讀來自世界各國的童話故事，從有趣的故事中學習良好的品格、人生智慧，在輕鬆快樂的閱讀下，讓知識更豐富！

目錄

老鼠牙醫

〔美國〕威廉·史塔克

從前有個老鼠牙醫，他高超的醫術吸引了許多來看牙齒的動物病人。

當然，老鼠牙醫也會拒絕病人，他在診所的招牌上寫得清清楚楚：謝絕任何會傷害老鼠的病人！

這一天，門鈴響起來的時候，老鼠牙醫和太太跑到窗檯邊，看見一隻從頭頂到下巴都纏著繃帶的狐狸。

「老鼠牙醫，行行好吧！我的牙齒好痛好痛！」狐狸邊說邊哭了起來。

善良的老鼠太太

對老鼠牙醫說：「看狐狸那麼可憐，我們就冒一次險吧！」

就這樣，狐狸被允許進入了老鼠牙醫的診所。

老鼠牙醫鑽到狐狸的嘴巴裡，輕輕地敲打著狐狸的牙齒。

「你的蛀牙必須要拔掉，然後我幫你做一顆新牙齒。」老鼠牙醫說。

「只要牙齒不再痛，你想要怎麼處理都可以。」雖然牙齒還在痛，可是狐狸一想到嘴巴裡有好吃的東西在動來動去，還是忍不住把嘴巴合起來。

「把嘴巴張開，快一點！」站在一旁的老鼠太太著急地叫著。

狐狸這才想起來自己是在看牙醫，於是趕快張開嘴巴。

8

老鼠牙醫對狐狸說：「我現在要幫你塗上一點藥，這樣拔牙的時候你就不會覺得痛了。」

狐狸被塗了藥以後，昏昏沉沉地睡著了。

「真好，太香了，生吃老鼠，再放一點鹽，喝一口紅酒，多美妙啊……」狐狸說起了夢話。

老鼠牙醫聽到狐狸的夢話，雖然很害怕，但還是把他的蛀牙拔了出來。

「狐狸先生，請你明天十一點準時到診所來，我再幫你裝上新牙齒。」老鼠牙醫說。

狐狸走後，老鼠牙醫非常生氣，他對太太說：「這隻狡猾的狐狸，還想生吃我們呢，真不應該幫他拔牙！我們必須想一個好辦法來保護自己。」

整個晚上，老鼠牙醫和太太一直在想辦法。終於，十點鐘聲敲響的時候，他們想出了一個好主意。

第二天，狐狸準時來到診所。老鼠牙醫小心地爬進狐狸的嘴巴裡，接著把新牙齒裝進狐狸的牙洞裡。

狐狸想到嘴裡的老鼠牙醫，實在忍不住了，對老鼠夫妻說：「面對這麼香的美食，我怎麼忍得住呢？我要吃掉你們！」

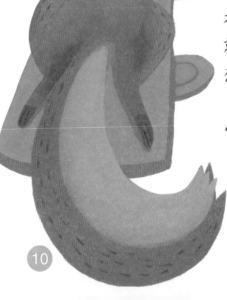

就在他要行動的時候，老鼠牙醫喊道：「等一下，我和太太發明了一種藥水，只要塗在牙齒上，你就永遠都不會牙痛了。你想不想試一下？」

狐狸最害怕牙痛了，當然馬上答應。

接下來，老鼠牙醫用一把小刷子蘸滿強力膠水，把狐狸的每一顆

10

牙齒都刷了一遍。

「請把嘴巴閉攏，然後咬緊牙齒一分鐘。」老鼠牙醫說道。

狐狸照著做了。一分鐘之後，狐狸的牙齒被牢牢黏住了，怎麼用力都張不開嘴巴。

「親愛的狐狸，」老鼠牙醫說：「請相信，你的牙齒再也不會痛了，雖然你可能一兩天之內會張不開嘴。」

狐狸灰頭土臉地離開了診所。

老鼠牙醫和太太鬆了一口氣，他們決定讓自己放一天假。

🐨 給孩子的話

善良的老鼠牙醫治好了狐狸的牙齒，可是，為了保護自己和太太，他不得不用膠水封住了狐狸的嘴巴。面對那些不懷好意的人，要時時刻刻保持警惕！

黃色的水桶

[日本] 森山京

　　星期一的時候，小狐狸在河邊發現了一個黃色的水桶。

　　這是一隻很小巧很可愛的水桶，小狐狸拎著剛剛好。

　　這是誰的水桶呢？沒有記號，還很新。一定是有人忘記拿走了。

　　小兔子拎著自己紅色的水桶來到了河邊。

　　小熊拎著自己藍色的水桶來到了河邊。

　　小狐狸叫住他們：「你們知道這個黃色的水桶是誰的嗎？」

　　「不知道。」小兔子摸摸自己的耳朵說。

　　「小狗的水桶是黑色的，小

12

豬的水桶是綠色的。 這個黃色的水桶，好像沒看過呢。」 小熊抓抓自己的腦袋說。

「小狐狸， 你不是一直想要有自己的水桶嗎？ 我看這個最適合你啦！」 兩個同伴都這麼說。

小狐狸不好意思地說： 「如果真的是我的水桶就好了。 可是， 它畢竟不是我的呀。」

「如果沒有人來拿水桶， 那麼， 小狐狸， 你就把它當作是你的吧！」 小熊說。

「是呀， 一直沒有人來拿水桶， 說

明它的主人不要它了。小狐狸，那它就是你的了。」小兔子這麼說。

「可是，『一直』到底是多久呢？明天？後天？還是大後天？」小狐狸有點煩惱。

「我覺得『一直』應該還要更久一些。今天是星期一，那麼，等到下一個星期一，怎麼樣呢？」小熊徵求大家的意見。

「好吧，就等到下個星期一吧！」
第二天，也就是星期二，小狐狸一大清早就來到了河邊，來看這個黃色的水桶。吃完早餐後，午餐後，晚餐後，他都來了。有

時候，他看河裡游來游去的小魚；有時候，他在河邊的樹下打瞌睡；有時候，他還拎起黃水桶，坐在河邊清洗一下。

隔天星期三的時候，黃水桶還在原地放著。小兔子和小熊跟著小狐狸一起來看它。

星期四，黃水桶依然在河邊。小狐狸用黃水桶幫河邊的樹木澆水。

「唉，要是這個黃水桶是我的，我就能用它幫我的蘋果樹澆澆水啦！」小狐狸多想成為這個黃水桶的主人啊！

星期五的時候，淅淅瀝瀝地下起雨來。小狐狸仍然惦記著河邊的黃水桶，他撐開雨傘，踩著泥巴來到了河邊。

黃水桶裡已經裝滿了雨水。小狐狸把水倒掉，但是很快地，雨水又填滿了

黃水桶。 小狐狸看著水桶裡映出自己的臉，興奮地笑起來：「到了星期一，這個黃水桶就是我的啦！」

星期六那天，小狐狸來到河邊，先把黃水桶仔細地清洗了一遍，然後用爪子蘸了一點水，在水桶上一次又一次地寫著「小狐狸」。

很快就到了星期天。

小兔子和小熊跟著小狐狸來到了河邊。

「到了明天，這個黃水桶就是你的了，真棒啊！」小兔子和小熊都這麼說著。

到了晚上卻起風了，小狐狸一直擔心黃水桶會被風吹走。於是他趕緊來到河邊，

為黃水桶裝滿了水。 水桶裡倒映著彎彎的月亮， 晃來晃去的， 真好看呢！

終於等到了星期一。 小狐狸、 小兔子和小熊一起來到河邊。 但是， 黃水桶已經不見了。

真可惜啊！ 小狐狸有點難過， 他聲音沙啞地說： 「 是黃水桶的主人拿走了吧？ 」

小狐狸看著空空的河邊， 他覺得很失望。 但是他又看看藍藍的天空， 聞聞青草的香味， 長長地吐出一口氣， 說： 「 算了啦！ 漫長的一星期終於過去了！ 」

沒有黃水桶的日子， 小狐狸還是會很快樂的。

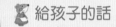

月亮的大衣

[英國] 多納‧畢賽特

　　冬天的夜裡很冷很冷，天上的月亮也冷得一直發抖。

　　月亮向下張望時，看見地上的人都穿著暖和的大衣，心裡真羨慕啊。

　　她想：要是我有一件大衣就好了。於是，她對月亮裡的人說：「幫我做一件暖和的大衣，可以嗎？」

　　「當然可以。」月亮裡的人說。他搬出縫紉機，攤開布料，拿出針線、釦子、剪刀和皮尺，然後量一量月亮的尺寸，接著裁布、縫線，再釘上釦子。

　　忙了半個月，大衣終於做好了。

月亮試了試大衣，可是衣服明顯太大了。

月亮裡的人納悶地抓抓頭，說：「真是怪了！」他拿出皮尺，再幫月亮量了一次，月亮的身材竟然比上次細瘦很多。所以，他又拿出剪刀、線，搬出縫紉機來，準備把大衣改小一點。

過了半個月，大衣改好了，月亮又高興地來試穿。可是，這次大衣明顯太小了，因為月亮已經長胖了許多。

月亮裡的人哭笑不得地說：「妳這樣一下胖成圓球，一下子又瘦成細條，讓我怎麼幫你做合身的大衣啊？」不過，月亮裡的人心地善良，他覺得幫人總是得要幫到底。他想出一個主意：「這樣好了，我幫妳做兩件大衣，一件在妳胖的時候穿，一件在妳瘦的時候穿。」

「那就太感謝了。」月亮

高興地說。

　　兩件大衣終於做好了。月亮穿上大衣的時候，覺得暖和極了。可是，穿上大衣的月亮當然就沒有以前那麼明亮了。

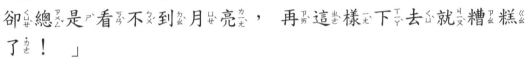

　　地上的人們擔心地說：「只能看見星星，卻總是看不到月亮，再這樣下去就糟糕了！」

　　月亮裡的人聽了，就對月亮說：「妳要偶爾脫掉大衣，這樣準備上床睡覺的孩子才能看到妳啊！」

　　月亮笑著脫去大衣，把明亮的光

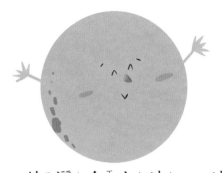

芒灑向大地，地上的孩子們歡呼起來：「月亮出來啦！月亮出來啦！」

　　從那以後，人們又能看到月亮了，她有時胖胖的，有時瘦瘦的，有時卻根本看不到她。那時，孩子們就會說：「看，月亮穿上大衣了。」

　　「對，我穿上了暖和的大衣。」月亮打了個呵欠說。

　　小星星們聽說月亮穿上了暖和的大衣，羨慕極了，也來請月亮裡的人幫他們做大衣。

　　月亮裡的人嚇了一跳，他哭喪著臉說：「不行啊，我沒有辦法幫那麼多星星都做一件大衣，那要花多少年才能完

成啊！而且我也找不到那麼多的布料呀！」

後來，月亮裡的人想了一個辦法。他對所有的小雲朵說：「小雲朵們，大家都聽好了，你們在晚上把星星包裹起來，讓他們都暖和暖和。」

從那以後，月亮和星星都有了暖和的大衣。每當月亮穿上大衣的時候，小星星們擔心地上的孩子孤單，就會讓小雲朵放假，自己陪著月亮發光。月亮很開心，地上的小朋友也很開心。

給孩子的話

月亮好想每天都穿著暖和的大衣啊！可是，穿上了大衣的月亮就不會有明亮的光芒了。有時候，和別人一起分享快樂，更能感受到甜甜的幸福。

王子長出了驢子耳朵

葡萄牙民間傳說

　　從前，有一位國王，他和皇后一直都沒有自己的孩子。後來，國王和皇后找到三位小仙女，說出了自己的煩惱，善良的小仙女答應賜給他們一位王子。

　　十個月後，小王子出生了，三位小仙女都來送禮物。第一位小仙女送給了小王子英俊，第二位小仙女送給了小王子才智。

　　輪到第三位小仙女時，已經沒有可以送的禮物了。於是，她一生氣，就隨便喊道：「王子會長出一對驢子耳朵！」

　　小王子一天天長大了，就像

23

小仙女祝福的那樣，他英俊而有才智，但他的驢子耳朵也越來越明顯。這讓國王和皇后非常恐懼：哪有王子長著驢子耳朵的？如果臣民知道了這件事，那還得了？

　　想來想去，他們為王子製作了一頂特別的帽子，王子每天都戴著，把那對驢子耳朵小心翼翼地藏在帽子底下。

　　王子到了該剪頭髮的年齡了，國王找來一個理髮師，命令他：「你絕對不能把看到的情景說出去，否則我就砍了你的頭。」理髮師看到王子的驢子耳朵十分驚訝。剛開始他還能忍著不說這個祕密，可是沒過多久，他就被這個憋在肚子裡的祕密折磨得日漸消瘦。

　　理髮師找到

一位教堂的神父，說出了自己的煩惱。神父想出了一個好主意：「你到森林深處挖一個洞，把祕密說到洞裡，再掩埋起來。」理髮師照辦了，果然，他覺得心裡輕鬆許多。

　　但沒過多久，在森林裡的洞口長出了一棵蘆葦。有一天，一個牧童趕著羊群經過，他砍下蘆葦做成了哨子，不料發生了一件極奇妙的事——哨子吹出來的聲音竟然是：「王子長著驢子耳朵，王子長著驢子耳朵……」沒過多久，全國各地的人都知道王子長著一對驢子耳朵，當然，皇宮中的人也不例外。

國王暴跳如雷，立刻派人把理髮師抓起來。

但王子卻說：「父王，他說的是真話啊！我的確有一對驢子耳朵，讓大家都看看吧！我相信就算長著驢子耳朵，以後我也能當個好國王。」

王子說完就拿下自己的帽子。可是大家看到的是，王子長著和所有人一樣的耳朵。

王子的勇敢解除了第三位小仙女的魔法。

茶杯裡的鯨魚

[美國] 莉迪亞‧吉布森

春天來了，溫暖的陽光融化了冰雪，路上變得泥濘不堪。

小男孩大衛在滿是泥巴的路上玩耍。突然，他發現一個大水窪裡有個黑漆漆的東西在游動。

大衛好奇地走了過去，可是那個小東西馬上沉入水底。大衛耐心地守在水窪旁邊，不久，那小東西又浮出水面，晃了晃他的小尾巴，向上噴出一股細小的水柱。

「天啊，這是一頭小鯨魚！」大衛吃驚地說。

幸好大衛隨身帶著一個小鐵罐。他將小鯨魚抓進小鐵罐裡，帶回家了。

大衛從碗櫃裡拿出一個透明的玻璃茶杯，把小

27

鯨魚養在裡面。　透過玻璃茶杯，可以看見黑色的小鯨魚游來游去，　漂亮極了。

　　媽媽問大衛：　「你抓了什麼東西？是一隻小蝌蚪吧！　」

　　「不，　媽媽，　是一頭鯨魚。　」

　　媽媽笑著搖搖頭說：　「大衛，　沒有這麼小的鯨魚，　鯨魚都巨大無比。　」

　　「鯨魚有多大？　」大衛問媽媽。

　　「很大很大，　比馬還大，　比汽車還大，　比大象還大，　甚至比房子還大。　不過，　這隻小蝌蚪很漂亮。　你看，　他游得多自在。　」

　　大衛每天都盡責地餵食小鯨魚，　小

鯨魚開始慢慢長大。

有一天早上，大衛照例來看茶杯中的鯨魚，他發現茶杯裂成了碎片，小鯨魚正躺在托盤裡掙扎。原來小鯨魚越長越大，小小的茶杯已經裝不下他了。

大衛把小鯨魚換到一個臉盆裡，他在裡面愉快地游來游去。不過，他的食量越來越大，長得也越來越大。

終於有一天，鯨魚從臉盆裡跳了出來，掉到地板上。臉盆也已經裝不下他了。

大衛歪著腦袋想了半天，他去向媽媽借浴室的大澡盆，媽媽也欣然地答應了。

鯨魚在大澡盆裡住了一段時間，長得像一隻小狗那麼大了，皮膚又黑又亮，噴出的水柱也越來越高了。他很聽大衛的話，只要大衛一吹口哨，他就會浮出水面，快樂地噴出高高的水柱。

29

但是，把鯨魚養在大澡盆裡很不方便。每次有誰想洗澡，就不得不先把鯨魚移出去。

大衛的爸爸想到一個好辦法，他訂做一個大魚缸，有四個澡盆那麼大。他們把魚缸安置在花園裡，鯨魚生活在這裡很暢快，胃口也越來越大，大衛不得不向鄰居收集吃剩的食物來餵養他。

漸漸地，鯨魚長得像一匹馬那麼大了，大魚缸已經快裝不下他了。大衛十分苦惱，他不知道該怎麼辦。

最後，大衛只好打電話給動保員，請他把卡車開來；然後他又打給汽車修理人，請他把救援車開來。幾個人一起設法用救援車上的起重機，把鯨魚吊起來放到卡車上，運送到小鎮盡頭的碼頭去。

大衛買了一條

非常堅固的長鐵鏈， 一頭拴住鯨魚的尾巴， 另一頭固定在碼頭的木樁上。 大衛每天都來探望他， 為他帶來食物。 大衛對著水面一吹口哨， 鯨魚就會浮上來，愉快地噴出高高的水柱。

這一天， 大衛來到碼頭， 他不停地吹口哨， 但是鯨魚並沒有出現。 這時， 大衛才發現拴著鯨魚的木樁已經斷了， 一定是鯨魚在夜裡拖著鐵鏈游走了。

鯨魚已經完全長大了， 他游向了自由自在的大海。

給孩子的話

小鐵罐裡的小東西竟然長成一隻巨大的鯨魚！真是令人難以相信。用一顆充滿想像和愛的心去面對生活吧，你會看到更多的驚喜！

餡餅裡包了一塊天

[英國] 瓊‧艾肯

　　從前，在一個寒冷的冬天裡，有個老公公對老婆婆說：「天氣越來越冷，要是現在有熱呼呼的蘋果餡餅可以吃，那該多好啊！」

　　老婆婆說：「那麼，我就來做餡餅吧！」

　　於是，老婆婆就做起麵糰來了。

　　「你看，天上飄雪花了！」老公公突然說道。

　　老婆婆抬起頭，看了一眼天空後，又繼續做麵糰。這時候，奇怪的事情發生了，剛剛老婆婆看過的天空一角，突然掉下來，掉進了麵糰中。老婆婆自己都沒發

現，她做的餡餅裡竟然包進一塊天了。

餡餅因為包進一小塊天，變得非常輕巧，當老婆婆把它從烤爐裡拿出來的時候，它就飛了起來。

「快點啊，快抓住它！」

餡餅飛出屋子，飛到了花園裡。老公公和老婆婆在後面努力地追。

「老婆婆，跳上去！」老公公喊著向上一跳，一把抓住了餡餅，老婆婆也跟著跳了上去。

餡餅帶著老公公和老婆婆一直向天上飛去。

花園裡的小貓看見了，也向上跳，抓住了餡餅，它帶著老公公、老婆婆和小貓越飛越高。

天上停著一架燃料用光的飛機，坐在駕駛室的飛行員又冷又餓。他看到飛過來的餡餅，連忙大聲問：「老公公，老婆婆，還有小貓，你們為什麼會坐在

餡餅上？　能帶我一起走嗎？　　」

　　「當然可以啦！　」老公公和老婆婆說。

　　於是，　飛行員也跳上餡餅了。

　　沒多久，　一隻待在雲朵上的鴨子叫起來：　「老公公，　老婆婆，　小貓和飛行員，　你們為什麼會坐在餡餅上？　能帶我一起走嗎？　　」

　　「當然可以啦！　」老公公和老婆婆說。　於是，　鴨子也跳上餡餅了。

　　沒多久，　餡餅飛過一座高山。　一隻迷路的山羊叫起來：　「老公公，　老婆婆，　小貓，　飛行員和鴨子，　你們為什麼坐在餡餅上？　能帶我一起走嗎？　　」

34

「當然可以啦！」老公公和老婆婆說。

於是，山羊也跳上餡餅了。

沒多久，餡餅飛到一座蓋滿了高樓的城市。一頭被遺忘在頂樓的大象叫起來：「老公公，老婆婆，小貓，飛行員，鴨子和山羊，你們為什麼坐在餡餅上？能帶我一起走嗎？」

「當然可以啦！」老公公和老婆婆說。

於是，大象也跳上餡餅了。

餡餅帶著老公公他們飄呀飄，飄到了一片大海的上空，海上散布著許多長滿蒼翠樹木的小島。

這個時候，餡餅漸漸地涼了，它開始慢

慢慢降落，最後竟然停在海面上，變成了一個小島。

「這是屬於我們自己的小島！是餡餅島！」老公公興奮地喊著。

太陽暖暖地照在餡餅島上，很快，島上長出一棵結滿了紅蘋果的樹。山羊擠奶給大家喝，鴨子下蛋給大家吃，小貓則到海邊去抓魚。大象呢，他幫忙把成熟的果子摘了下來。

大家幸福地生活在餡餅島上——這都是因為老婆婆做的餡餅裡包進了一塊天呀！

🐻 給孩子的話

生活中總會有很多意想不到的驚喜，包了一塊天的餡餅多神奇啊！小朋友也要熱愛生活，用樂觀的態度面對眼前的一切事物，也許就會有意外的收穫哦！

小貓小狗洗地板

[捷克斯洛伐克] 約瑟夫・卡貝克

　　從前，小貓和小狗是好朋友，他們住在同一間小房子裡。

　　一天，小貓對小狗說：「沒有人的地板比我們的髒，我們應該洗一洗。」

　　小狗低頭看看地板，說：「確實應該洗一洗。可是，我們沒有刷子啊！」

　　小貓看了看小狗，想出了一個好主意：「小狗，你身上的毛又粗又密，就像一把大刷子。我用你來把地板刷乾淨，你願意嗎？」

　　小狗同意了。

　　於是，小貓蹲在地面上，把小狗當作大刷子，刷起地板來。

　　刷啊，刷啊，小貓用小狗把地板刷得乾乾淨淨。

可是，乾淨的地板卻溼淋淋的，應該要擦乾才可以。

小貓煩惱地說：「可是我們沒有大毛巾，該怎麼擦地板呢？」

小狗看了看小貓，想出了一個好主意：「小貓，你身上的毛又軟又細，就像最棒的毛巾，我用你來把地板擦乾，你願意嗎？」

小貓同意了。

於是，小狗蹲在地上，把小貓當作大毛巾，把地板擦乾。

小貓和小狗累得滿頭大汗，小貓說道：「看來，我們也該洗澡啦！」

說著，小貓讓小狗爬到洗澡盆裡，然後在搓衣板上搓啊搓啊，把小狗搓洗得乾乾淨淨，小狗也把小貓泡在洗澡盆裡，幫

小貓搓洗得乾乾淨淨。

兩個溼淋淋的好朋友怕弄髒地板，因此來到了院子裡。

小貓說：「我們要把自己晒乾。」

小狗說：「確實應該晒乾，我們就掛在晒衣繩上吧！」

於是，他們像晒衣服一樣，把自己掛在晒衣繩上，直到被暖暖的太陽晒乾為止。

地板洗刷得乾乾淨淨，小貓和小狗也洗得乾乾淨淨，真開心啊！

給孩子的話

小貓和小狗把地板洗刷得乾乾淨淨，真開心啊！小朋友遇到困難的時候，也要動動腦筋想辦法，不要找藉口逃避。

濫竽充數

中國成語故事

　　戰國時候，齊國的國君齊宣王喜歡聽吹竽，又很愛擺排場，每次總是讓三百個樂師一起吹竽給他聽。

　　有位南郭先生，本來不會吹竽，但是聽說齊宣王喜歡聽合奏，覺得有機可乘，就假裝自己是吹竽的高手，混進這支吹竽的隊伍。每次演奏的時候，南郭先生就捧著竽混在隊伍中充人數。別看他也鼓起臉頰吹奏，其實他只是裝模作樣，並沒有吹出任何聲音。

就這樣，南郭先生混過了一天又一天。

又過了幾年，齊宣王死了，他的兒子齊湣王繼承了王位。齊湣王也愛聽吹竽，但他喜歡聽獨奏。

過了不久，齊湣王發布一道命令，要這三百個樂師輪流吹竽給他聽。

南郭先生聽到這個消息，知道自己再也混不下去了，只好連夜收拾行李逃走了。

給孩子的話

小朋友可不要學南郭先生，一定要扎扎實實地學習知識，培養專精的才能。

亡羊補牢

中國成語故事

　　從前有個牧羊人，養了幾十隻羊。

　　白天，他趕著羊群去山坡上吃草；晚上，他再把羊群趕進柵欄裡。

　　一天早晨，牧羊人準備去放羊時，發現少了一隻羊。他擔心是自己眼花少數了一隻，於是又仔細數了一遍，可是數來數去，他發現還是少了一隻羊。

　　農夫繞著柵欄轉了一圈才發現，原來柵欄破了一個洞。一定是晚上有狼從破洞鑽進來，把那隻羊叼走了。

鄰居知道了這件事，就勸告他說：「還是趕快把柵欄修一修，堵上那個破洞吧！」

農夫不以為然地說：「羊都已經不見了，還修柵欄幹什麼呢？」說完，他就趕著羊群走了。

第二天早上，農夫準備去放羊，發現又少了一隻羊。一定是狼昨晚又從破洞鑽進柵欄，叼走了一隻羊。

農夫這時候才後悔，他應該聽鄰居的勸告，及時把柵欄修好才對。

他趕緊補上那個破洞，又把柵欄修得非常堅固。

從此以後，農夫的羊再也沒有被狼叼走了。

給孩子的話

雖然羊已經不見了，可是如果不把柵欄修好，還會有更多的羊不見。小朋友犯錯後不要灰心，及時改正就很棒。

狼和七隻小綿羊

［德國］雅各布·格林　威廉·格林

　　從前，　在森林附近的小木屋裡，　住著綿羊媽媽和七隻小綿羊。

　　一天，　綿羊媽媽要出門了。　她對七隻小綿羊說：　「我的孩子們，　媽媽要出門了。　你們一定要小心大野狼，　他既狡猾又惡毒，　會假扮媽媽來敲門。　但是你們要記住，　大野狼有粗粗的聲音和黑黑的腳掌。　聽到他的聲音，　看見他的黑腳掌，　你們千萬不要開門啊！　」

　　「好！媽媽，　我們記住了！　」七隻

小綿羊說。

綿羊媽媽放心地離開家了。

過了一會兒， 七隻小綿羊聽見有人在敲門： 「孩子們， 媽媽給你們帶來好吃的， 快把門打開吧！ 」

他的聲音粗粗的， 一點兒都不像媽媽。 七隻小綿羊一起說： 「你一定是大野狼， 我們媽媽聲音細細的。 你走吧， 我們不會開門的。 」

大野狼在地上找一個土塊吃下去， 這讓他發出來的聲音變得細細的。

「孩子們， 媽媽給你們帶來好吃的東西， 快把門打開吧！ 」 大野狼又去綿羊家敲門了。 這次， 他的黑腳掌趴在窗檯上， 被七隻小綿羊看見了。

「你一定是大野狼， 我們的媽媽沒

有黑黑的腳掌。 你走吧， 我們不會開門的。」 七隻小綿羊說。

於是， 大野狼來到磨坊， 用麵粉把黑腳掌塗得白白的。 然後， 他再一次來到綿羊家敲門：「孩子們， 媽媽為你們帶來了好吃的， 快把門打開吧！」

「先讓我們看看你的腳。」 七隻小綿羊說。

大野狼伸出兩隻白白的腳掌。

「真的是媽媽！」 看到了白白的腳掌， 小綿羊們相信是媽媽回來， 高興地打開了門。

沒想到， 門外是大野狼， 他狠狠地撲進屋子。

七隻小綿羊在屋子裡東躲

西藏。但大野狼很快找到了他們，並一隻接著一隻地把他們吃掉。只有最小的那隻綿羊躲在擺鐘盒裡，沒有被大野狼發現。

大野狼吃飽了，走出屋子，在附近的一棵大樹下睡起覺來。

不久，綿羊媽媽回家了，她一看見亂七八糟的屋子，就知道出事了，她著急地呼喊七隻小綿羊的名字，這時最小的綿羊才從擺鐘盒裡傳來一陣膽怯的哭聲：「媽媽，我躲在擺鐘盒裡，哥哥姊姊都被大野狼吃掉了。」

綿羊媽媽好傷心，她帶最小的綿羊拿著剪刀和針線，出門找大野狼了。

大野狼在大樹下睡得昏昏沉沉的。

綿羊媽媽剪開了大野狼的肚子，六隻小綿羊一隻跟著一隻從大野狼的肚

子裡跳了出來。

　　原來，飢餓的大野狼把小綿羊一個個吞進肚子，所以小綿羊們並沒有死。

　　「趕快去搬石頭，趁大野狼還在熟睡，我們用石頭把他的肚子填滿。」綿羊媽媽對七隻小綿羊說。

　　很快地，大野狼被塞滿一肚子的石頭，綿羊媽媽用針線迅速地把他的肚子縫起來。然後，綿羊媽媽帶著七隻小綿羊回家了。

　　大野狼醒來的時候，他覺得非常口渴，就邁著沉重的腳步去河邊喝水。因為肚子太重了，他一下子就跌進了河裡，到現在都還沒有爬上岸呢！

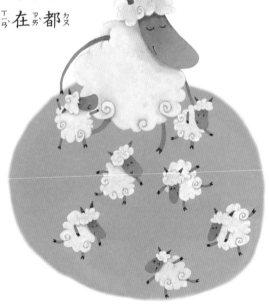

給孩子的話

　　七隻小綿羊聽信了大野狼的謊話，結果怎麼樣呢？小朋友要時刻保持警惕，不要輕易相信不認識的人，更不要隨便跟陌生人走，那樣很危險的！

豌豆上的公主

［丹麥］漢斯·克里斯蒂安·安徒生

從前，有一個王子，他一直希望能找到一位真正的公主，並娶她為妻。可是，很多來到皇宮自稱公主的女孩，卻都是騙子。

一個下著大雨的晚上，有位年輕女孩敲響了城門。

衛兵打開城門，發現站在門外的女孩全身溼透了，雨水順著她凌亂的頭髮滴落下來，看起來既憔悴又狼狽。衛兵很同情這個女孩，就帶她到國王和皇后面前。

「我……我是一位迷路的公主，下這麼大的雨，我又冷又疲累，請求您容許我借宿一個晚上吧！」女孩說。

此時，國王和皇后正在為王子找不到真正的公主而煩心呢！

「說不定她確實是一位公主呢！」國王和皇后這樣想著，決定驗證一下這個女孩是不是真正的公主。

皇后讓僕人們為女孩準備了二十層床墊，然後偷偷地把一顆圓圓的豌豆塞在最底層的床墊下。

疲憊的女孩洗完澡就上床了，希望能好好睡個覺。可是她一躺下，就感覺背後被什麼東西弄得不舒服，翻來覆去的，怎麼也睡不著。

第二天清晨，皇后到女孩住的房間，非常關心地詢問她：「妳昨天晚上睡得怎麼樣？」

女孩迷迷糊糊地告訴皇后：「不知道怎麼回事，這床上好像有什麼東西，硬硬的一粒，讓我渾身都不舒服，我簡直一夜

都沒闔眼。」

「終於找到一位真正的公主了！」皇后歡呼道。

因為，只有真正的公主，皮膚才會這麼嬌嫩，就算是墊了二十層床墊，也能感受到底下那顆小小的豌豆。

「孩子，妳是一位真正的公主，請與王子成婚吧！」皇后高興地說。

公主和王子一見面，就互相愛上了對方。在國王和皇后的祝福下，王子和公主舉行了一場非常隆重的婚禮。

給孩子的話

一顆藏在二十層床墊下的豌豆都會把公主弄得不舒服，因為每個人的行為都會表現出自己的性格和習慣特徵，最重要是讓做一個有禮貌又優雅的人吧！

狐狸變成的茶鍋

[日本] 坪田讓治

　　文邪吉是個好吃懶做的人，除了賭博，他幾乎沒有做過別的事情。

　　有一次，他又把錢輸得精光。

　　「我該拿什麼再去賭一把呢？」文邪吉走在路上，動起歪腦筋。這時候，他看見了一隻狐狸。

　　「狐狸，你能幫我一個忙嗎？」文邪吉對狐狸說。

　　「你想要我幫什麼忙啊？」狐狸問。

　　「我知道你會變身的法術。你能不能為我變成上等的茶鍋呢？」

文邪吉請求道。

「要我變成茶鍋，當然可以。不過你必須送我一盒軟軟的豌豆糯米飯和一包香香的炸魚作為交換。不然的話，我是不會同意的。」狐狸一想到豌豆糯米飯和炸魚，就餓得口水直流。

文邪吉說：「這個當然沒問題。」說完，他趕緊跑回家，用糯米和豌豆做了一盒軟軟的飯，並且炸了一包香香的魚，然後把豌豆糯米飯和炸魚送到了狐狸洞中。

狐狸看到眼前的美食，實在是太高興了，他吃完豌豆糯米飯和炸魚後，前前後後地在荒草叢中翻了十幾個筋斗。

「變變變，變成一個上等的茶鍋！」剛說完

話，狐狸就變成一個紅棕色的茶鍋，看起來既厚實又漂亮。

文邪吉趕緊把茶鍋放進了布袋裡，然後背著它來到一座寺廟。

一個老和尚來迎接他。文邪吉把布袋裡的茶鍋拿出來，對老和尚說：「師父，這可是一個上等的茶鍋。用它煮出來的茶又香又甜，只要三兩銀子，你就能把它買下來！」

老和尚很喜歡這個茶鍋，馬上就給了文邪吉三兩銀子，把茶鍋買下來。

「小和尚，我要用這個茶鍋來煮茶，你先幫我擦洗一下。」老和尚迫不及待地想用新的茶鍋來煮茶。

小和尚把茶鍋拿到小河邊，抓起一把沙子用力地擦著茶鍋。

「哎喲，哎喲，你輕一點啊，好痛啊！」變成茶鍋的狐狸受不了了。

聽到喊叫聲的小和尚非常害怕，他趕緊跑去告訴老和尚：「不得了了，師父，這個茶鍋竟然會說話，它叫我輕一點，因為它很痛！」

老和尚說：「這有什麼好奇怪的，新茶鍋都會說話啊，你再拿去清洗吧！」

小和尚只好回到小河邊，用沙子繼續清洗茶鍋。

狐狸疼痛難忍，又哇哇叫起來：「輕一點，輕一點啊，真的好痛啊！」

但是這一次，小和尚沒有理會茶鍋的喊叫，直到清洗完，他才回到寺廟裡。

老和尚吩咐小和尚把茶鍋裝滿水，再放到爐火上燒煮。

但是，茶鍋一放到爐子上，它就拼命地喊叫：「燙死我了！燙死我了！小和尚，救命啊，趕快把火滅了吧！」

小和尚非常害怕，他跑去對老和尚說：「師父，茶鍋又說話了，它說燙死了，還叫我滅火。」

老和尚回答道：「跟你說過的，新茶鍋都這樣，你別害怕，去把爐火燒得旺旺的！」

小和尚回到廚房裡，添加了柴火繼續

燒。 這時候， 變成茶鍋的狐狸再也受不了了， 他的兩隻耳朵「啪啪」地長了出來， 接著又長出腦袋、 尾巴和腳。

「燙死了！ 小和尚， 燙死了！ 」現出原形的狐狸從爐火上跳下來， 匆匆逃走了。

好吃懶做的文邪吉就這樣騙到了三兩銀子。 但是， 他很快又把錢輸光了， 只能餓著肚子繼續過窮日子了。

給孩子的話

　　為了得到豌豆糯米飯和炸魚，狐狸答應變成一個茶鍋，受了不少苦。小朋友不要為了一點小利益，就輕易答應別人的要求，讓自己付出很大的代價。

愚公移山

中國成語故事

　　遠古時候，　北山有一個叫愚公的老人，　他已經快九十歲了。

　　愚公家門前有兩座大山，　一座叫王屋山，　一座叫太行山。　因為大山擋路，人們進出都要繞很遠的路，　很不方便。

　　有一天，　愚公召集全家人，　對他們說：　「這兩座大山實在是太麻煩了。　我們全家人合力把山挖平，　你們覺得如何呢？」　大家同意了愚公的提議，　並決定把挖下來的石土填到海邊。

　　第二天，　愚公帶著一家人開始挖山。　他們的工具只有鋤頭和背簍，　而且大山與大海之間路途非常遙遠，　一個

月下來， 大山看起來跟原來沒有兩樣。

　　村子裡有個老頭叫智叟， 他看見愚公一家人挖山， 覺得十分可笑。 他對愚公說： 「 你已經這麼老了， 走路都不方便， 怎麼可能挖平兩座大山呢？ 」

　　愚公長嘆了一口氣， 說： 「 就算我死了， 我還有兒子在； 兒子又生孫子， 孫子又有兒子… … 子子孫孫無窮盡， 山卻不會長高， 怎麼會挖不平呢？ 」 說完又埋頭挖起土來， 智叟聽了啞口無言。

　　山神聽說這件事， 趕忙稟告天帝。 天帝被愚公的誠心感動， 就命令大力神夸蛾氏的兩個兒子， 移走了兩座大山。

給孩子的話

　　愚公和自己的家人們每天辛苦挖山， 只能運走一部分的山土。 但是， 只要每天堅持下去， 就會離目標越來越近。

夸父追日

中國成語故事

　　遠古時候，北方的荒野中有一座高山。山林深處，住著一群巨人。其中有一個巨人名叫夸父，他戴著兩條金蛇做的耳環，模樣很嚇人，不過其實他勇敢又善良。

　　有一年大旱，太陽把農作物烤焦，河流也乾枯了，人們熱得難以忍受。夸父想：我一定要追上太陽，將它抓住，讓它聽人的指揮。

　　他不顧眾人的勸阻，拿起手杖，邁開大步，拼命地向太陽追去。

　　毒辣的太陽炙烤著夸父，他覺得又渴又累。經過黃河時，他一口氣喝乾了黃

河水，然後又跑到渭河，把渭河水也喝光了，仍然無法解渴。

夸父又向北跑去，那裡有縱橫千里的大湖。但是夸父還沒有跑到大湖，就在中途因疲累口渴而死。

夸父臨死前還想著遭受乾旱之苦的人們。他將自己的手杖丟出去，手杖落地的地方，頓時生長出一片鬱鬱蔥蔥的桃林。這片桃林終年茂盛，為往來的過客遮蔭；樹上結的桃子又大又甜，為人們解渴。

而倒在大地上的夸父就變成了一座巍峨的高山，後人稱為「夸父山」，以此紀念他的壯舉。

給孩子的話

夸父為了百姓勇敢地追逐烈日，雖然最後沒有成功，可是善良的他卻造就桃林和青山，造福後人。小朋友也要用自己的勇敢和善良去幫助別人。

賣火柴的小女孩

〔丹麥〕漢斯·克裡斯蒂安·安徒生

這是一個下著雪的聖誕節夜晚。

天快黑了，一個光著腳、有著棕色捲髮的小女孩疲倦地走在大街上。早上出門的時候，她還穿著媽媽的大拖鞋。

但是，為了躲避一輛飛馳而過的馬車，她把拖鞋弄丟了。

小女孩的圍裙上放著許多火柴，她是出來賣火柴的。很不幸地，從清晨到傍晚，小女孩一根火柴也沒有賣出去。

小女孩沒有賺到錢，她怕被爸爸打而不敢回家。況且，家裡的房子只有一個屋頂，比大街上也好不到哪裡去。

雪花飄落在她棕色的頭髮上，一天都沒吃東西的小女孩又冷又餓，她只能望著透出暖和燈光的窗戶，想像著豐盛的晚餐，偶爾舔一舔嘴巴。

走著走著，小女孩終於累得走不動了，她找了一個牆角蜷縮著坐了下來。但她覺得更冷了，也許點燃一根火柴會比較好。

小女孩想到這裡，就從圍裙上面拿起一根火柴，她在牆壁上磨擦了幾下。「哧」火柴點燃了，她趕快伸出手，想烤烤火。對小女孩而言，這火焰是多麼明亮、

溫暖啊，像一個燒得很旺的小火爐。

　　把腳也暖一暖吧，小女孩伸出腳丫子。不過就在這個時候，火柴熄滅了，小女孩想像中的爐火也隨之消失，一切又回到了陰冷中。

　　「哧——」小女孩點燃了第二根火柴。這一次，火光閃耀在牆壁上，小女孩感覺牆上有扇掛著薄紗的門，透過薄紗能看到屋子裡的一切。看，桌子上的晚餐真是豐盛啊，肚子裡塞滿蘋果和梅子的烤鵝突然跳下桌子，蹣跚著向小女孩走來，發出誘人的香氣。可是一眨眼的時間，火柴又熄滅了，她的眼前只有一面又冷又厚的牆。

當小女孩點亮第三根火柴的時候，她就坐在迷人的聖誕樹下，溫暖的燭火在閃耀，聖誕卡片掛滿了整棵樹。她多麼想擁有一張卡片啊，所以就情不自禁地伸出手。但就在這個時候，火柴又熄滅了，接下來，聖誕樹上的燭光慢慢升上了天空，變成一顆顆閃亮的星星。

突然，有顆星星掉下來，這讓小女孩有一點難過。她想起了奶奶說的話：「星星掉下來，馬上就有一個靈魂要去天堂了。」

小女孩沉默一會兒，又點亮一根火柴。這根火柴似乎有強大的力量，把周圍全照亮了。

「奶奶，奶奶！」小女孩突然看見她的奶奶，她著急地叫起來，

「奶奶，請帶我離開這裡吧，快一點。我知道，等火柴熄滅的時候，我就見不到您了！」

　　小女孩趕緊點燃了一大把火柴，奶奶變得越來越高大。小女孩伸出手臂，擁抱了奶奶，這種感覺真好。忽然，她變得很輕很輕，跟奶奶在光亮和幸福中離開了地面，飛向天空。她們要飛到沒有寒冷、飢餓和痛苦的地方去。

　　第二天，當陽光照在大街的時候，人們發現了蜷縮在牆角的小女孩。她的手上還緊緊握著一大把燒過的火柴棒。

給孩子的話

　　賣火柴的小女孩好可憐！如果聖誕夜裡有人來幫她，她的生命就不會逝去了。小朋友遇到需要幫助的人時，記得盡自己的能力去幫忙。

國王的新衣

[丹麥] 漢斯‧克裡斯蒂安‧安徒生

　　從前，有一個愛美的國王，他不願意管理國家大事，每天只喜歡不停地試穿新衣服。所以，僕人們總是這樣告訴那些來拜見國王的人：「陛下正在更衣室！」

　　一天，有兩個自稱裁縫的騙子來到了皇宮，他們對國王說：「陛下，我們能織出世界上最美的布。並且，這些布很神奇，任何不稱職或愚蠢的人都看不見它。」

　　「用這種布做出來的衣服正合我意。它會讓我知道，究竟哪些人是聰明的，而哪些人是十足的笨蛋。」國王馬上吩咐僕人收

拾好一間裁縫房，供兩個「裁縫」織布做衣服。

過了不久，全國的人都聽說了這神奇的布。

騙子們裝模作樣地在裁縫房裡擺出兩架織布機，然後請求國王給他們大量的金子，以購買織布所用的金絲。

其實，誰都沒看見他們去買什麼金絲，那些金子都裝進了兩個騙子的口袋裡。他們只是一直空著兩手，忙上忙下地假裝織布，他們總是非常忙碌，從早到晚一刻不停歇地織呀織。

過了幾天，國王非常想知道「裁縫」們的布織得怎麼樣了，於是，他選了一個忠實的老大臣先去看看。

老大臣走進裁縫房，來到織布機前，他不禁大吃一驚：「織布機上什麼都沒有啊！難道我是一個愚蠢的人嗎？」

兩個騙子不停地向老大臣炫耀：「您看吧，這布料多麼柔和，色彩多麼鮮豔。我敢向您保證，它是全世界最美的布！」

可憐的老大臣為了不讓大家知道他是個愚蠢的人，趕緊跟著誇讚這並不存在的布。

國王聽了老大臣的讚美，又賞給兩個騙子很多金子。當然，這些金子也被他們放進了自己的口袋。

又過了幾天，國王派另一位大臣去裁縫房看看。

這位可憐的大臣，也非常驚恐地發現，自己根本看不見兩個「裁縫」說的布，當然，他也不

願意讓別人知道自己是個蠢蛋。 所以， 這位大臣也對著空空的織布機誇讚起來。

回到皇宮後， 大臣把那些誇讚的話又跟國王說了一遍， 國王聽了， 非常想親自去看一看。

這一天， 國王帶著大臣們來到了裁縫房裡。 可是， 所有的人都沒有見到織布機上有什麼精美的布， 包括國王。

「天哪！ 難道我不配做國王嗎？ 這真是一件可怕的事！ 」 國王心裡這樣想著。 但很快， 他大聲讚美起來： 「 這是我見過最美麗的布了！ 」

其他的大臣也跟著極力稱讚「 最美麗的布」 ， 儘管他們根本什麼都沒看見。

國王封兩個騙子為

爵士，給予他們「御聘織師」的頭銜，還授予他們一枚勳章。而且，國王宣布要在第二天舉行的遊行大典上，穿上用這些布做成的衣服。

第二天一大早，國王就帶著隨從來到裁縫房。兩個騙子假裝拿著縫製好的衣服，高高舉著對國王說：「陛下，這衣服輕到你幾乎感受不到它的重量，但這正是它特別的地方。」

國王在兩個騙子的服侍下，先後穿上「袍子」、「褲子」和「外套」後，遊行大典就開始舉行了。

遊行隊伍浩浩蕩蕩地走到了大街上，人們有的從窗戶裡探出頭來，有的站在街邊觀望，他們都說：「啊，你看，國王的新衣

服多麼高貴，多麼華麗啊！」但其實，誰都沒有看見國王身上的衣服。

「可是，他什麼衣服都沒穿啊！」突然，一個小孩叫了起來。

「唉喲，太可笑了，你們聽聽！他說國王什麼衣服都沒穿。」人群中頓時議論紛紛。

可是，不一會兒，這議論聲就變成了「國王就是什麼衣服都沒穿」，所有人都大聲地說了出來。

國王聽到大家的議論，身體有些發抖，因為他也意識到自己是光溜溜的。但他仍擺出一副驕傲的樣子，因為，他覺得自己必須把遊行大典舉行完畢。

🐻 給孩子的話

國王其實什麼都沒有穿，也受騙了。撒謊是不好的行為，每個小朋友都應該做個誠實的好孩子，也不能被虛榮心沖昏了頭。

糖果屋

[德國] 雅各布‧格林　威廉‧格林

　　漢塞爾和格萊特兄妹倆從小沒有媽媽，爸爸又娶了一個妻子，一家人過著貧窮的日子，常常有一餐沒一餐的。

　　一天晚上，繼母對爸爸說：「把兩個小孩丟到森林裡去吧，否則，我們沒辦法生活了。」爸爸當然不同意，但是漢塞爾和格萊特偷聽到繼母的話後，再也睡不著覺了。

　　半夜裡，漢塞爾偷偷地起床，到院子裡撿了許多灰白色的小石頭放進口袋裡。

　　第二天，繼母帶著漢塞爾和格萊特到森林裡摘野草莓。聰明的漢塞爾一邊走，一邊偷偷地把晚上撿的小石頭丟在路上。

走ㄗㄡ˘著ㄓㄜ˙走ㄗㄡ˘著ㄓㄜ˙， 繼ㄐㄧˋ母ㄇㄨ˘說ㄕㄨㄛ：「 這ㄓㄜˋ裡ㄌㄧ˘的ㄉㄜ˙草ㄘㄠ˘莓ㄇㄟˊ少ㄕㄠˇ得ㄉㄜ˙可ㄎㄜˇ憐ㄌㄧㄢˊ， 你ㄋㄧ˘們ㄇㄣ˙在ㄗㄞˋ這ㄓㄜˋ裡ㄌㄧ˘等ㄉㄥˇ著ㄓㄜ˙， 我ㄨㄛˇ去ㄑㄩˋ別ㄅㄧㄝˊ的ㄉㄜ˙地ㄉㄧˋ方ㄈㄤ找ㄓㄠˇ找ㄓㄠˇ看ㄎㄢˋ。 」但ㄉㄢˋ是ㄕˋ， 繼ㄐㄧˋ母ㄇㄨˇ偷ㄊㄡ偷ㄊㄡ跑ㄆㄠˇ回ㄏㄨㄟˊ家ㄐㄧㄚ了ㄌㄜ˙， 把ㄅㄚˇ漢ㄏㄢˋ塞ㄙㄞ˘爾ㄦˊ兄ㄒㄩㄥ妹ㄇㄟˋ倆ㄌㄧㄤˇ留ㄌㄧㄡˊ在ㄗㄞˋ森ㄙㄣ林ㄌㄧㄣˊ裡ㄌㄧ˘。

天ㄊㄧㄢ馬ㄇㄚˇ上ㄕㄤˋ就ㄐㄧㄡˋ要ㄧㄠˋ黑ㄏㄟ了ㄌㄜ˙， 妹ㄇㄟˋ妹ㄇㄟˋ格ㄍㄜˊ萊ㄌㄞˊ特ㄊㄜˋ害ㄏㄞˋ怕ㄆㄚˋ地ㄉㄧˋ哭ㄎㄨ了ㄌㄜ˙。 漢ㄏㄢˋ塞ㄙㄞ˘爾ㄦˊ說ㄕㄨㄛ：「 別ㄅㄧㄝˊ怕ㄆㄚˋ， 等ㄉㄥˇ月ㄩㄝˋ亮ㄌㄧㄤˋ升ㄕㄥ起ㄑㄧˇ來ㄌㄞˊ， 我ㄨㄛˇ們ㄇㄣ˙就ㄐㄧㄡˋ能ㄋㄥˊ找ㄓㄠˇ到ㄉㄠˋ回ㄏㄨㄟˊ家ㄐㄧㄚ的ㄉㄜ˙路ㄌㄨˋ了ㄌㄜ˙。 」

果ㄍㄨㄛˇ然ㄖㄢˊ， 當ㄉㄤ月ㄩㄝˋ亮ㄌㄧㄤˋ升ㄕㄥ起ㄑㄧˇ來ㄌㄞˊ的ㄉㄜ˙時ㄕˊ候ㄏㄡˋ， 漢ㄏㄢˋ塞ㄙㄞ˘爾ㄦˊ丟ㄉㄧㄡ在ㄗㄞˋ路ㄌㄨˋ上ㄕㄤˋ的ㄉㄜ˙小ㄒㄧㄠˇ石ㄕˊ頭ㄊㄡˊ像ㄒㄧㄤˋ星ㄒㄧㄥ星ㄒㄧㄥ一ㄧˊ樣ㄧㄤˋ閃ㄕㄢˇ著ㄓㄜ˙光ㄍㄨㄤ亮ㄌㄧㄤˋ。 兄ㄒㄩㄥ妹ㄇㄟˋ倆ㄌㄧㄤˇ沿ㄧㄢˊ著ㄓㄜ˙小ㄒㄧㄠˇ石ㄕˊ頭ㄊㄡˊ走ㄗㄡˇ， 很ㄏㄣˇ快ㄎㄨㄞˋ就ㄐㄧㄡˋ回ㄏㄨㄟˊ到ㄉㄠˋ家ㄐㄧㄚ了ㄌㄜ˙。

沒ㄇㄟˊ過ㄍㄨㄛˋ幾ㄐㄧˇ天ㄊㄧㄢ， 繼ㄐㄧˋ母ㄇㄨˇ又ㄧㄡˋ帶ㄉㄞˋ兄ㄒㄩㄥ妹ㄇㄟˋ倆ㄌㄧㄤˇ去ㄑㄩˋ森ㄙㄣ林ㄌㄧㄣˊ裡ㄌㄧˇ摘ㄓㄞ野ㄧㄝˇ草ㄘㄠˇ莓ㄇㄟˊ。 這ㄓㄜˋ次ㄘˋ， 漢ㄏㄢˋ塞ㄙㄞ˘爾ㄦˊ來ㄌㄞˊ不ㄅㄨˋ及ㄐㄧˊ撿ㄐㄧㄢˇ小ㄒㄧㄠˇ石ㄕˊ頭ㄊㄡˊ， 只ㄓˇ好ㄏㄠˇ偷ㄊㄡ偷ㄊㄡ地ㄉㄧˋ把ㄅㄚˇ中ㄓㄨㄥ午ㄨˇ吃ㄔ的ㄉㄜ˙麵ㄇㄧㄢˋ包ㄅㄠ撕ㄙ成ㄔㄥˊ麵ㄇㄧㄢˋ包ㄅㄠ屑ㄒㄧㄝˋ， 撒ㄙㄚˇ在ㄗㄞˋ路ㄌㄨˋ上ㄕㄤˋ。 果ㄍㄨㄛˇ然ㄖㄢˊ， 剛ㄍㄤ採ㄘㄞˇ了ㄌㄜ˙一ㄧˊ下ㄒㄧㄚ子ㄗˇ， 繼ㄐㄧˋ母ㄇㄨˇ就ㄐㄧㄡˋ假ㄐㄧㄚˇ裝ㄓㄨㄤ去ㄑㄩˋ別ㄅㄧㄝˊ的ㄉㄜ˙地ㄉㄧˋ方ㄈㄤ採ㄘㄞˇ草ㄘㄠˇ莓ㄇㄟˊ， 又ㄧㄡˋ一ㄧˊ次ㄘˋ把ㄅㄚˇ漢ㄏㄢˋ塞ㄙㄞ˘爾ㄦˊ兄ㄒㄩㄥ妹ㄇㄟˋ倆ㄌㄧㄤ

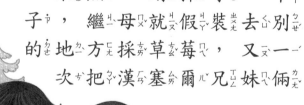

丟在森林裡。

「別怕，妹妹，等月亮升起來的時候，我們沿著撒滿麵包屑的路走，一定能回家的。」漢塞爾安慰著格萊特。

但是，白天撒在路上的麵包屑被小鳥們吃光了，漢塞爾和格萊特找不到回家的路了。他們待在森林裡，又冷又餓地過了一晚。

第二天清晨，漢塞爾和格萊特走啊走，忽然聞到了一股香甜的氣味。

「好香啊！」漢塞爾和格萊特發現了一間用餅乾和糖果蓋成的小房子。

肚子很餓的漢塞爾和格萊特拆下糖果，津津有味地吃了起來。

但是他們不知道，糖果屋是專

吃小孩的老巫婆，為了引誘小孩子而搭建的。

老巫婆讓漢塞爾兄妹倆進到糖果屋裡，舒服地住了一晚。可是第二天，她就把黑黑瘦瘦的漢塞爾關進一個小黑屋裡。老巫婆要把他養得胖胖的，然後再大吃一頓。妹妹格萊特則被老巫婆當成小女僕，每天做飯給哥哥吃。

漢塞爾知道老巫婆的視力很差，每當老巫婆來查看他長胖了沒有時，他都會拿出一根小木棒讓她摸，老巫婆以為漢塞爾依然沒有長胖。

但是沒過幾天，老巫婆想吃小孩的慾望越來越強烈，她決定不管漢塞爾是胖還是瘦，都要吃掉他了。

妹妹格萊特傷心極了，她一邊流著眼淚，一邊想辦法。

這時候，老巫婆吩咐格萊特靠近爐子，看看爐火燒得旺不旺。格萊特馬

上就知道了老巫婆的陰謀，原來她是想把格萊特推進火爐裡烤啊！格萊特說：「我不知道該怎樣看爐火，請妳先教教我。」等老巫婆靠近爐子的時候，格萊特趁機把她推進了火爐中。

救出哥哥後，兄妹倆趕緊逃出了糖果屋，在野鴨先生的幫助下，他們回到家裡。後來，他們的爸爸知道妻子的惡行，就把她趕走了，漢塞爾、格萊特和爸爸一起快樂地生活著。

給孩子的話

勇敢的孩子連巫婆都可以打敗。小朋友在遇到困難的時候不要退縮，要冷靜地想辦法，用自己的勇敢和智慧解決問題。

青蛙王子

[德國] 雅各布·格林　威廉·格林

　　很久很久以前，在很遠的國家有個國王，他有一個美麗的小女兒，大家都叫她小公主。

　　皇宮附近的森林裡有一口井，天氣一熱，小公主就去井邊乘涼、玩耍。她常常帶著一個金球，用力拋向空中，然後再用手接住，非常好玩。

　　有一天，金球掉到了井裡，小公主傷心地哭了。

　　這時候，一個聲音說：「小公主，妳怎麼啦？」小公主四處張望，原來是一隻青蛙在跟她說話，便回答：「我的金球掉進井裡了。」

　　青蛙說：「要是我把金

球撈上來， 妳要怎麼報答我呢？ 」

小公主說： 「 好青蛙， 我的珍珠、寶石， 還有我頭上戴的這頂皇冠， 都可以給你。 」

青蛙卻說： 「 那些東西我都不要。 我要和妳一起玩耍， 坐在同一張餐桌， 用同一個金盤子吃飯， 晚上我還要睡在妳的小床上。 要是妳答應我， 我就把妳的金球撈上來。 」

小公主嘴上說： 「 只要你把金球撈上來， 我就答應你。 」 心裡卻想： 我才不要和青蛙做好朋友呢。

青蛙跳進井裡， 過一下子， 他就銜著金球跳到草地上。 小公主非常高興， 她接過金球後拔腿就跑。

79

青蛙大聲叫道：「等一等，帶我一起走！」但小公主根本不理他。

第二天，小公主跟國王正在吃飯。突然傳來「咚咚」的敲門聲，不知是誰在門外喊：「小公主，快開門！」小公主打開門一看，原來是那隻青蛙，她趕緊關上門，心裡害怕極了。

國王問小公主怎麼回事，小公主只好把昨天在井邊的事告訴國王。國王聽小公主說完和青蛙的約定，說：「妳答應了人家，就應該做到，快幫他開門吧！」小公主開了門，青蛙跳進來，他來到小公主座位的旁邊，說：「抱我上去，讓我坐在妳的身旁呀！」

小公主不得不照做。可是，青蛙又從椅子跳上了桌子，說：「把妳的小金盤子推過來一點，讓我們一起吃。」

小公主很不情願，但是還是把金盤子推了過去。青蛙吃得津津有味，可是小公主卻一點胃口都沒有。

　　終於，青蛙開口說：「我吃飽了，現在有一點累了。帶我到妳房間去，準備睡覺吧！」

　　小公主一聽到冷冰冰的青蛙要在自己的小床上睡覺，害怕得哭了。國王卻生氣地對她說：「青蛙在妳遇到困難時幫助過妳，妳不能輕視他。」

　　小公主只好用兩根手指提起青蛙，把他帶到房間的一個角落裡。可是小公主剛在床上躺下，青蛙就爬到床邊對她說：「把我抱上床去，不然我就告訴國王。」

　　小公主勃然

大怒，抓起青蛙就用力朝牆上摔過去，並大喊：「想睡就去睡吧，你這個醜陋的討厭鬼！」

誰知道青蛙一落地，竟然變成了一位英俊的王子。王子告訴小公主，他被一個巫婆施了魔法，只有小公主能把他從魔法裡解救出來。

後來，王子和小公主舉行了婚禮，過著幸福的生活。

給孩子的話

青蛙幫助小公主撿回了金球，可是，小公主卻沒有實現自己的承諾。小朋友不能向小公主學習，而要做一個有愛心、講信用的人。

彼得兔的故事

[英國] 畢翠克斯・波特

　　兔媽媽有四隻兔寶寶，最調皮的就是最小的兔子彼得了。

　　有一天早上，兔媽媽要出門去買麵包。她對寶寶們說：「親愛的孩子們，現在你們可以到田野上去玩了。不過千萬別跑到格萊高先生的菜園裡，你們的爸爸就是在那裡被抓住，被做成了兔肉餅。」

　　其他三隻小兔子非常乖，手牽手去森林裡摘黑莓。可是，彼得這個調皮鬼立刻就朝著格萊高先生的菜園跑去，因為菜園裡充滿他愛吃的東西。

彼得從關著的菜園大門下面擠了進去，先吃吃看萵苣和四季豆，接著又啃起了小紅蘿蔔，正想去找些黃瓜換換口味時，卻碰到了格萊高先生！

當時，格萊高先生正在種高麗菜。他一看到彼得就馬上惡狠狠地追過來，一邊揮舞著耙子一邊大聲喊：「站住，你這個小偷！」

彼得嚇得飛奔著逃跑，可是他跑遍了整個菜園，還是沒有找到大門。鞋子跑丟了，他乾脆全部脫掉，跑得更快了。突然，一叢灌木像網子一樣攔住了彼得的去路，還勾住他新夾克上的

84

大鈕扣。

　　彼得以為逃不掉了，他害怕地哭起來，旁邊的幾隻麻雀都著急地鼓勵他再試一試。

　　很快，格萊高先生追了過來，他帶著一個篩網，把彼得罩住了。彼得著急地用力掙脫，結果一下子就逃出來了，只剩夾克留在原地。

　　彼得慌張地跑進工具房，跳進了一個鐵桶裡，那真是個很不錯的藏身處，可惜裡面裝滿了水，嗆得彼得鼻子癢癢的。格萊高先生緊跟著進到工具房，到處找這隻小兔子。

　　就在這時，彼得打了一個噴嚏，「哈啾！」格萊高先生立刻發現了彼得。彼得趕緊又從窗口跳出去，這窗口對格萊高先生來說太小了，而且他也實在太累了，

不想再追著兔子跑了，於是就回去做自己的工作了。

彼得受了驚嚇，全身又溼透了，身體發抖。他四處張望，不知道該往哪裡跑。後來，彼得在牆上找到了一扇上鎖的小門，但是門縫太小了，根本不可能擠出去。

這時，一隻上了年紀的老鼠經過，彼得向她問路，可是她嘴裡塞了一顆很大的豌豆，說不出話來，只能搖搖頭。

彼得又在池塘邊碰到一隻小白貓，可是他不想和這隻貓接觸，因為他知道這隻貓的怪脾氣。

彼得又回到了工具房，突然聽見了「嚓嚓」的鋤地聲，近得就好像在他身邊。彼得趕緊躲了起來，不過什麼事情也沒發生。他又小心地鑽了出來，爬到一輛手推車上，站在上面往四周張望。沒想到他一眼就看見了正在挖蔥的格萊高先生，格萊高先生背對著彼得。而不遠的地方，就是菜園的大門！

彼得飛快地跳下手推車，向大門衝去。格萊高先生當然也看見他，可是彼得顧不了這些了，「咻！」一下就從大門底下鑽了出去，拼命地朝家

裡跑，就怕格萊高先生追上來。

　　彼得筋疲力盡地跑回家，一進家門就趴在軟軟的地上，並且閉上了雙眼。兔媽媽正忙著做飯，看到彼得又沒穿衣服和鞋子跑回家，她感到很奇怪。這已經是兩個星期來，彼得丟掉的第二件夾克和第二雙小鞋子了！

　　彼得晚上生病了。兔媽媽把他抱上床，餵他一大勺甘菊茶，苦得彼得直伸舌頭。

　　其他三隻小兔子卻吃了一頓香噴噴的晚飯：美味的麵包、牛奶和黑莓。

🐻 給孩子的話

　　調皮的彼得兔跑去了菜園，卻把自己嚇壞了，還錯過了美味的晚餐。小朋友要聽爸爸媽媽的話，不要做危險的事情。

兩個小鞋匠

［德國］雅各布・格林　威廉・格林

　　從前有個鞋匠，他做鞋子的手藝不錯，可是生意卻不好，日子過得越來越窮。後來，他窮到連做鞋子的材料都沒錢買，店裡只剩下最後一張皮料。

　　這天晚上，鞋匠把皮料裁剪好，發現剛剛好夠做一雙鞋子，可是他覺得很疲倦，就上床睡覺了。

　　第二天一大早，他走到工作台前正準備做鞋子時，卻發現鞋子已經做好了。他非常地困惑，不知道是怎麼一回事。鞋匠拿起鞋子仔細觀察，發現這雙鞋子做得很精緻，沒有任何一針縫得馬虎，就像是老師傅做的，完全超過了自己的手藝。

過了一下子，鞋店來了一位顧客，他一眼就看中了這雙鞋，便花了高價買下來。鞋匠用這筆錢買了能做兩雙鞋子的皮料，晚上又把皮料裁剪好，準備第二天一早就做鞋子。

　　可是，第二天他又不用工作了，因為等他起床的時候，兩雙鞋子已經做好了。這兩雙鞋子比上次的還要精緻，很快就被買走了。

　　現在，鞋匠用賺的錢買了做四雙鞋子的皮料。和前幾天一樣，隔天早上，他看見昨晚裁剪好的皮料，變成了四雙漂亮的鞋子。

　　就這樣日復一日，他前一天晚上裁剪好的皮料，隔日一早就變成了縫製好的鞋子，

而且鞋子做得越來越精緻漂亮。 鞋匠的生意越來越好， 不久他就成為一個富有的人。

　　聖誕節前的一個晚上， 鞋匠對妻子說： 「今天晚上我們不睡覺， 看看到底是誰在幫我們做鞋子， 妳說好嗎？」 他的妻子十分贊同。 夫妻倆點起一盞燈， 躲在屋角的衣架後面， 注意著周圍的動靜。

　　午夜一到， 只見兩個光著身體的小人走了進來， 他們坐在鞋匠的工作台前。 這兩個小鞋匠拿起裁剪好的皮料開始做鞋子， 又是槌， 又是縫， 還不時地敲敲打

打，小小的手指靈敏又熟練。鞋匠被他們精湛的手藝嚇呆了，眼睛都不敢眨地看著。

兩個小鞋匠做完鞋子就匆忙離去了。

第二天早上，鞋匠的妻子說：「小鞋匠讓我們的生活變好了，我們應該謝謝他們。天氣這麼冷，他們跑來跑去的，身上什麼東西都沒穿，一定會很冷。我幫他們縫製兩套小襯衫、小背心、小褲子和小襪子，你也給他們做兩雙小鞋子，好嗎？」鞋匠很贊成這個主意。

到了晚上，鞋匠沒再裁剪皮料，他們把準備好的禮物放在工作台上，然後躲起來等兩個小鞋匠。

　　午夜時分，兩個小鞋匠蹦蹦跳跳地跑進來，準備工作了。但是他們沒有找到皮料，卻發現兩套漂亮的小衣服和小鞋襪。他們剛開始很驚訝，接下來就表現出很喜歡的樣子，飛快地穿上衣服，唱了起來：「我們現在是又漂亮又文雅的男孩子……」

　　他們倆穿著漂亮的衣服又是唱、又是跳，最後開心地離開了鞋店。從此，兩個小鞋匠再也沒有來過，而鞋匠一家人一直過著富足的日子。

曹沖稱象

中國民間故事

　　有一次，吳國的孫權送給曹操一頭大象，曹操十分高興，想知道這頭大象有多重，就找來群臣商議。

　　大臣們想了許多辦法，可是卻都行不通。

　　這時，曹操的兒子曹沖從人群裡走出來，趴在曹操耳邊，說出了自己的主意。曹操一聽連連叫好，吩咐手下立刻準備稱象，然後對大臣們說：「咱們到河邊看曹沖稱象去！」

　　眾大臣沒搞清楚怎麼回事，只好跟

著曹操來到河邊。

　　只見河裡停著一艘大船，曹沖叫人把大象牽到船上，等船身穩定之後，在船外對齊水面的地方，刻了一條線。接著，曹沖叫人把象牽到岸上來，再把大大小小的石頭，一塊一塊裝在船上，船身就一點一點地往下沉。等船身沉到剛才刻的那條線和水面對齊了，曹沖就叫人停止裝石頭。

　　最後，曹沖讓人把船上的石頭搬下來，分別稱出它們的重量──石頭的總重量就是大象的重量。

　　大臣們看到這裡不由得連聲稱讚：「好辦法！好辦法！」曹操高興地看著自己的兒子，也一直誇獎他聰明。

給孩子的話

　　到哪裡找能稱大象的大秤呢？當大家都被這個問題難倒的時候，小曹沖卻找到了辦法。小朋友遇到問題的時候，要積極開拓思路，運用創意找出好方法。

東施效顰

中國成語故事

　　春秋時候，越國的一個小村子裡，有個美麗的女孩叫西施。她不僅人長得漂亮，而且心地善良，村子裡的人都很喜歡她。

　　西施有個胸口痛的毛病。每次發病的時候，她總是手摀著胸口，痛得皺起眉頭，小步地走路。村子裡的人見了，都議論紛紛說：「西施生病時皺眉的樣子，顯得更美了。」

村裡有個醜女叫東施，她一直都很嫉妒西施的美貌。這天，她無意中聽到大家的議論，心想：既然大家這樣誇讚西施，我也可以學她皺眉的樣子，肯定也會得到別人的讚美。

於是，東施便學著西施的樣子，皺著眉頭，摀著胸口走路，誰知道那副怪樣子卻讓她看起來又醜又嚇人。

人們看見了，都躲得遠遠的，有的人家怕小孩子被嚇哭，甚至還把門窗都關得緊緊的呢！

給孩子的話

東施為什麼變得更醜了呢？因為她根本不知道西施美在哪裡，就去隨便地模仿。小朋友不要盲目地模仿別人，要瞭解自己的優點，修改缺點。

臥薪嘗膽

中國成語故事

　　春秋時期，吳王夫差帶領士兵攻打越國，大獲全勝，把越王句踐和夫人抓到吳國做奴僕。

　　夫差為了羞辱句踐，派他和夫人看守陵墓、餵養馬匹。句踐雖然心裡很氣憤，但仍然裝出一副忠心順從的樣子：夫差出門的時候，他就恭敬地走在前面牽著馬；夫差生病的時候，他在床前悉心照顧。夫差看他這樣盡心伺候自己，逐漸失去了戒備心，終於允許他帶著夫人返回越國。

句践回國後，決心復興越國。他對夫人說：「我不能生活得太安逸，我擔心自己一旦享樂就會忘記復仇，我一定要生活在艱苦的環境中。」從這以後，句践都不在床上睡覺，而是睡在一堆柴草上，還在門上吊了一枚苦膽，吃飯和睡覺前都要舔一下，然後對自己說：「難道你忘記亡國的恥辱了嗎？」

　　句践和夫人帶頭耕種，和百姓一起發展農業生產，囤積糧食。同時，他加強軍隊訓練，增強軍隊的戰鬥力。

　　十年過去了，越國變得國富兵強，句践親自率領軍隊進攻吳國，一舉打敗了夫差，成為稱霸一方的君主。

給孩子的話

堅定信念去做事，最後一定能夠獲得成功！

漁夫和魔鬼

阿拉伯民間故事

　　從前，在海邊的小木屋裡住著一位漁夫。

　　這天，他像往常一樣到海邊捕魚，可是一連三次撒下網，每次撈上來的都是水草，真是糟糕透了。

　　漁夫把所有的希望都寄託在第四次撒網，他很仔細地把網撒入海中，等啊等啊，等了好長一段時間才開始收網。漁網很重，漁夫用盡全力才把它拖上岸，可是他仔細一看，網子裡只有一個瓶子，而且瓶口被封住了，上面還蓋著所羅門的大印。

　　漁夫非常好奇，決定打開瓶子看一看。他用

小刀把封住瓶口的錫刮掉，然後拔掉蓋子，忽然，一股青煙從瓶子裡冒出來，在青煙裡出現了一個巨大的魔鬼。他張開血盆大口，牙齒又尖又長，手指像鐵叉一樣。漁夫嚇得面色如土，一下子癱倒在地上。

魔鬼猙獰地說：「好心的漁夫，謝謝你救了我，不過，我現在還是要吃了你。」

「等等，我花了那麼大的力氣把你撈上來，又把你從瓶子裡放出來，你卻要吃了我。這是為什麼？」漁夫不解地問。

「好吧，我讓你死個明白。我本來是一個天神，被所羅門施法囚禁在這個瓶子裡，然後被投

101

入大海。我在海底的時候曾發誓，如果有人把我救出來，我就把所有的金銀財寶都送給他，還幫他實現所有的願望。可是我一連等了三百年，都沒有人來救我，一怒之下，我就發誓：如果有人來救我，我就將他吃掉。可憐的漁夫，現在你明白了吧，這只能怪你的運氣不太好。」說著，魔鬼就張牙舞爪地向漁夫撲過來。

　　漁夫揮揮雙手，說：「別急，在我死前，想問你一個問題，如果你知道答案，那我就心甘情願被你吃掉。」

　　魔鬼不耐煩地同意了。

　　漁夫說：「這個小小的瓶子連你的一隻腳都裝不下，怎能容得下你龐大的身軀呢？」

「你難道不相信我能鑽進這個小瓶子裡嗎？我現在就變給你看！」說著，魔鬼馬上化成一縷很細的青煙，鑽進那個小小的瓶子裡。漁夫看到煙全部進入小瓶子之後，就立即拿起瓶蓋，緊緊地塞住了瓶口。

漁夫對著瓶子大聲喊：「可惡的魔鬼，我決定把你再丟到海底，然後叫所有的漁夫都不要救你。」說完，漁夫用盡所有的力氣把瓶子丟進大海，一個浪花打過來，就把瓶子捲入了海底。

給孩子的話

漁夫用聰明才智戰勝了魔鬼，保住了自己的性命。小朋友在遇到危險的時候，千萬不要驚慌，趕快想出好的辦法，才能解決問題。

三隻熊

［俄國］列夫‧托爾斯泰

　　從前，有個小女孩在森林裡迷路，她走到了一間小房子裡。

　　房子裡住著三隻熊。熊爸爸身材高大，熊媽媽不高也不矮，還有一隻是小熊。現在，三隻熊都不在家，他們到樹林裡散步去了。

　　小女孩走進廚房，看見桌子上有三碗粥。第一個碗非常大，是熊爸爸的；第二個碗中等大小，是熊媽媽的；第三個碗很小，是小熊的。每個碗旁邊都放著一把湯匙：一把大的，一把中等的，一把小的。

　　小女孩用最大的湯匙，嚐嚐大碗裡的粥；又拿起中等湯匙，嚐嚐中等碗裡的粥；然後又拿起小湯匙，嚐嚐小碗裡的粥。

她覺得小熊的粥味道最好，就把粥都吃光了。

小女孩看見桌子旁邊有三把椅子：第一把椅子很大，是熊爸爸的；第二把椅子中等，是熊媽媽的；第三把椅子很小，是小熊的。

小女孩爬上大椅子，卻摔下來了；她坐到中等椅子上，覺得坐得不舒服；最後，她坐上小椅子，「呵呵」地笑起來。這把椅子多麼舒服呀！

小女孩坐在小椅子上搖呀搖。突然，小椅子垮了，小女孩摔倒在地板上。她趕緊爬起來，走進臥室。

臥室裡有三張床：第一張是大床，是熊爸爸的床；第二張是中等床，是熊媽媽的；第三張是小床，是小熊的。小女孩躺到大床上，覺得太大；躺到中等床上，覺得還

105

是太大；躺到小床上剛剛好，小女孩香香地睡著了。

過了一會兒，三隻熊回到了家裡，他們已經餓了，正準備吃飯。

熊爸爸端起自己的碗一看，粗聲喊著：「誰吃過我碗裡的粥？」

熊媽媽看了看自己的碗，也大聲叫起來，可是聲音沒有那麼大：「誰吃過我碗裡的粥？」

小熊看見自己的碗空了，尖聲吵鬧說：「誰把我碗裡的粥吃光了？」

熊爸爸一看自己的椅子，大聲地喊著：「誰坐過我的椅子？」

熊媽媽看看自己的椅子，也大叫起來，可是聲音沒有那麼大：「誰坐過我的椅子？」

小熊看見自己的破椅子，尖聲吵鬧說：「又是誰把我的椅子坐壞了？」

三隻熊走進臥室。

熊爸爸用又粗又大的聲音叫著：「誰睡過我的床？」

熊媽媽也大叫起來，不過聲音沒有那麼大：「誰睡過我的床？」

小熊爬到自己的床上，尖叫說道：「誰睡在我的床上？」

忽然，他們看見了小女孩，三隻熊同時尖叫起來：「就是她！快把她抓住呀！」小女孩一下子就被嚇醒了，她看見面前站著三隻熊，嚇得趕緊逃跑了，熊也沒辦法追上她。

🐻 給孩子的話

小女孩好狼狽啊！小朋友沒經過主人允許，不可以隨便進入別人的房間，那樣不僅沒有禮貌，有時也會有危險哦！

龜兔賽跑

[古希臘] 伊索

　　兔子長了四隻腳，一蹦一跳，跑得真快。

　　烏龜也長了四隻腳，爬呀爬呀，爬得真慢。

　　有一天，兔子碰見烏龜，他驕傲地說：「烏龜，我跑得像風一樣快，你敢跟我賽跑嗎？」

　　烏龜知道兔子在開他玩笑，就沒有搭理兔子。

　　兔子一看，以為烏龜不敢跟他賽跑，洋洋得意地大喊：

　　「烏龜烏龜，爬爬，一早出門採花；烏龜烏龜，走走，傍晚還在門口。」

烏龜生氣地說：「兔子，我們現在就來賽跑！」

兔子不以為然地說：「我們就從這裡開始跑，看看誰先跑到山那邊的大樹下。」

烏龜點點頭表示同意。

「預備！一，二，三，跑！」

兔子拔腿就跑，一會兒就跑得很遠了。他回頭一看，烏龜才爬了一小段路而已，心裡得意地想：烏龜敢跟兔子賽跑，真是天大的笑話！我呀，在這裡睡一大覺，還是能比他早到。

想到這裡，兔子就往地上一躺，闔上眼皮，一下子就睡著了。

烏龜爬得真慢，被兔子超越了很遠很遠，等他爬到熟睡的兔子身邊時，也累得想休息一下，可是他一想到兔子跑得比自己快，就決定不休息了，而是堅持繼續往前爬。

烏龜離大樹越來越近了，他

用盡全身力氣爬呀爬呀，終於到達了終點。

這時候，兔子在做什麼呢？他還在呼呼大睡呀！等他醒來往後一看，咦，烏龜怎麼不見了？再往前一看，哎呀，不得了了！烏龜已經爬到大樹底下了。

兔子後悔極了，從那以後，他再也不好意思說自己跑得快了。

狐狸和烏鴉

[俄國] 伊萬·安德列耶維奇·克雷洛夫

　　有一天，烏鴉找到一塊新鮮的肉。他叼著肉飛到了大樹上，想好好地享用這塊鮮肉。

　　這時，一隻狐狸正巧經過，他看到烏鴉嘴裡叼著的肉，心想：這塊肉一定很好吃，但是該用什麼辦法才能把肉弄到手呢？

　　狐狸眼珠一轉，想出了一個好辦法。

　　狐狸站到大樹下，對樹上的烏鴉說道：「親愛的烏鴉小姐，妳長得真漂亮啊！羽毛是那麼美

麗，身體是那麼輕盈，森林裡的鳥沒有一個能比得上妳。」烏鴉從沒聽過這樣的誇讚，高興極了。

狐狸看了看烏鴉，繼續說：「妳的歌聲也一定很美妙吧，只有妳這樣的歌聲才能稱得上是最美妙的聲音。妳能唱一首動聽的歌給我聽嗎？」

烏鴉非常高興，她張開嘴巴準備唱歌。可是她剛一張嘴，嘴裡叼著的肉就掉了下去，樹下的狐狸一接到那塊肉，幾口就全部吞進肚子裡了，然後舔舔嘴巴，得意地走了。

烏鴉好後悔，真不該聽信狐狸的花言巧語，他不過是想騙自己嘴裡的肉而已啊！

給孩子的話

可憐的烏鴉，因為聽了狐狸的奉承話語，一時得意，失去了美味的肉。小朋友不能像烏鴉那樣驕傲忘形。

阿里巴巴和四十大盜

阿拉伯民間故事

遙遠的波斯國鄉下，住著兄弟兩個人，哥哥叫高西木，弟弟叫阿里巴巴。

哥哥高西木非常有錢，他們夫妻倆都很貪財。弟弟阿里巴巴和妻子卻只有一間破屋子，養著三頭小毛驢，過著很窮的日子，但是兩個人卻很滿足。

有一天，阿里巴巴趕著三頭小毛驢去森林裡砍柴。在回家的路上，他看到一大隊人馬正往這邊奔來。阿里巴巴趕緊把小毛驢拴在樹下，自己則爬上大樹躲了起來。

原來，這群人是一夥強盜，一共有四十個人，他們在山腳下停下

113

來了。「芝麻，芝麻，開門吧！」強盜老大對著一塊大石頭大喊。

接下來，大石頭移開了，出現了一個山洞。

強盜們把搶來的東西送進山洞裡，過一會兒就出來了。強盜老大又大喊：「芝麻，芝麻，關門吧！」話剛說完，山洞的石頭門又關上了。

阿里巴巴把這一切都看得很清楚。強盜們走遠後，他爬下樹來，也對著大石頭喊：「芝麻，芝麻，開門吧！」石頭門果然就打開了。

阿里巴巴走進山洞，發現裡面到處都是發光的金銀財寶。

阿里巴巴裝滿了三袋金幣，讓小毛驢幫忙揹著，然後轉身對石頭門說道：「芝麻，芝麻，關

門吧！」洞門就關了起來，阿里巴巴趕著三頭小毛驢回到家了。

從這以後，阿里巴巴過著富裕的日子，家裡還雇用一個聰明能幹的女僕。

過了一些日子，阿里巴巴讓妻子去哥哥家借秤子，想秤一秤家裡的金幣有多少。

其實，高西木一直都覺得很奇怪，弟弟怎麼會突然變得富有呢？現在聽到弟媳來借秤子，他實在很想知道他們要秤什麼東西。於是，他偷偷地在秤子底下塗了一些蜂蜜。

第二天，阿里巴巴去哥哥的家還秤子。高西木發現秤子底下黏著一枚金幣，

他馬上問弟弟金幣是從哪裡來的，阿里巴巴只好把實情告訴了他。

高西木聽完之後，馬上牽著十頭騾子去強盜們藏財寶的山洞了。

他來到山腳下，對著洞口那塊大石頭大喊：「芝麻，芝麻，開門吧！」石頭門慢慢地打開了，高西木看到滿地的金銀財寶，趕緊拿著袋子跑進山洞，然後對著洞口大喊：「芝麻，芝麻，關門吧！」洞門關上了，現在，他可以安心地挑選財寶了。貪婪的高西木把十個袋子裡都裝滿金銀財寶，可是，他卻忘記打開山洞門的咒語，就被困在洞裡了。

這時候，強盜們回來了，他們發現偷財寶的高西木，生氣地把他殺了。

阿里巴巴等到天黑，也沒看到哥哥回來，知道一定是出事了。到了半夜，他悄悄地來到山洞門口，發現了哥哥

的屍體。　阿里巴巴既傷心又害怕，趕緊把哥哥的屍體運回家了。

　　第二天，　強盜們發現洞口的屍體不見了，　就確定還有一個人知道山洞的祕密。

　　「必須把這個人除掉！」強盜老大命令道。

　　過了幾天，　強盜們找到了阿里巴巴的家，　並在他家的牆上畫了圓圈作為記號，　打算第二天再行動。

　　可是，　阿里巴巴家的女僕發現了記號，　她想了想，　就在別人家的牆上也都畫上一樣的圓圈。　第二天，　強盜老大帶人下山了，　但是因為所有房子的牆上都有記號，　他們根本不能確定阿里巴巴的家在哪裡。　強盜老大很生氣，　後來，　他花費了幾天的時間，　親自找到了阿里巴巴的家。

　　這天晚上，　強盜老大把強盜們藏在一個個油桶裡，　裝在馬車上，　然後把自己變

裝成賣油的人，他敲了敲阿里巴巴家的門，想要投宿一天。阿里巴巴沒有認出強盜老大，馬上就同意了。

半夜裡，阿里巴巴家的女僕去廚房裡取油，聽到油桶裡有人在說話，她聽到強盜們準備殺死阿里巴巴一家人的計劃，於是燒了一大鍋熱油，悄悄地澆進油桶裡，把這些壞蛋全都燙死了。強盜老大知道後偷偷地逃走了。

強盜老大來到了城裡，裝扮成商人，故意跟阿里巴巴的侄子成為朋友。這一天，侄子來拜訪阿里巴巴，強盜老大也跟著一起來了，他打算吃飯時殺掉阿里巴巴一家人。

可憐的阿里巴巴竟然一點都沒認出這個壞蛋。聰明的女僕認出了強盜老大，趁他不注意，女

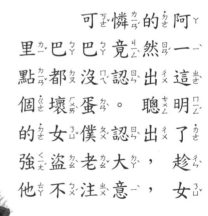

僕輕鬆地就把這個壞蛋除掉了。

　　阿里巴巴知道後，很感激這個幫助他的女僕，因此給她很多金幣，讓她過著富有的日子。至於山洞裡的財寶，阿里巴巴會偶爾拿一些，送給鄉下的窮人們，讓大家都過著好日子。

給孩子的話

　　貪婪會帶來始料未及的後果，小朋友在生活中也不要貪心哦。另外，在面對危險的時候，要保持冷靜和機智，找到解決問題的辦法。

精衛填海

中國民間傳說

　　相傳，炎帝有一個聰明乖巧的小女兒，名字叫女娃。

　　女娃很想請父親帶她去東海——太陽升起的地方去看一看。

　　這天，炎帝不在家，女娃便偷偷地一個人划著小船，向東海前進。划著划著，海上突然起了狂風大浪，山一樣的海浪把女娃的小船打翻，女娃也被海水吞沒了。

女娃被海水淹死後，她哀怨的靈魂化作一隻鳥，棲息在山林裡。因為經常發出「精衛—精衛」的鳴叫，人們就叫她「精衛鳥」。

精衛鳥痛恨無情的大海奪去自己的生命，因此，她不停地從高山上銜來小石子和樹枝，投進大海裡，想把大海填平。

大海奔騰著，發出嘲笑的聲音：「小鳥，算了吧，妳就算填一百萬年，也休想把我填平！」

精衛鳥堅定地說：「你會奪走很多人的生命，即使要填上一千萬年，我也要把你填成平地！」

給孩子的話

精衛鳥的力量與大海相比雖然相距懸殊，但是她堅定信念並付諸行動，最後一定會成功的。

花木蘭從軍

中國民間故事

　　古時候，有一個叫花木蘭的女孩，她不僅美麗聰明，還擅長騎馬射箭，跟著父親練就了一身好武藝。

　　這一年，木蘭十八歲了。

　　一天，父親接到一份公文，要徵召他家一名男丁上戰場。

　　木蘭知道這件事後，心想：父親年老多病，難以出征；弟弟年紀太小，根本無法上戰場。木蘭決定女扮男裝，代父從軍，保家衛國。

　　夜裡，木蘭整理好行李，就向家人道別，奔向戰場。

　　上陣殺敵時，木蘭憑著一身好武藝，總是勇敢地衝在最前面，足智多謀的她幫助將領識破敵軍的許多詭計，立功很多次。

歷經十二年的廝殺，木蘭與同伴們終於擊退敵軍了。

戰爭結束了，皇帝召見有功勞的將士，論功行賞。問到木蘭的時候，她既不想做官，也不想要財物，只希望得到一匹快馬，讓她立刻回家看望自己的爹娘。皇帝欣然答應，並派士兵護送木蘭回去。

爹娘聽說木蘭要回來，高興地立刻趕到城外去迎接，弟弟在家裡也殺豬宰羊。木蘭回到自己的房間後，脫下戰袍，換上女裝，梳好長長的頭髮，出來向護送她回家的同伴們道謝。他們發現木蘭原是女生，都十分驚訝，沒想到奮勇殺敵的戰友竟是一位漂亮的女子。

木蘭代父從軍的故事就這樣傳開了。

給孩子的話

只要堅定信心去做一件事，就能夠像花木蘭那樣，取得最後的成功。

123

望梅止渴

中國成語故事

　　三國時候，有一年夏天，曹操率領兵馬去討伐張繡。

　　天氣熱得出奇，驕陽似火，連一絲雲彩也沒有。隊伍在彎彎曲曲的山道上行走，兩邊密密的樹木和被陽光曬得滾燙的石頭，讓人透不過氣來。到了中午時分，士兵的衣服都溼透了，行軍的速度也慢了下來。

　　曹操看行軍的速度越來越慢，擔心天黑前到達不了目的地，他心裡很著急。可是，眼前幾萬人馬連水都喝不到，又怎麼可能加快速度呢？

曹操立刻叫嚮導來，悄悄問他：「附近有沒有水源？」嚮導搖搖頭，說：「泉水在山谷的那一邊，繞道過去還有很遠的路程。」曹操想了一下，說：「不行，時間來不及。」他看了看前邊的樹林，沉思了一會兒，快速趕到隊伍前面。

他用馬鞭指著前方，對士兵們說：「我知道前面有一大片梅林，那裡的梅子又大又好吃，我們快點趕路，繞過這個山丘就到梅林了！」士兵們一聽，想起了梅子的酸味，口水都流出來了，也就不覺得那麼渴了。他們精神大振，步伐不由得加快了許多，因此很快就趕到了目的地。

給孩子的話

　　士兵們想到不遠處有好吃的梅子，就忘記了疲憊和口渴，很快到達了目的地。小朋友也要積極地鼓勵自己，為了目標堅持努力。

負荊請罪

中國成語故事

戰國時期，趙王很看重藺相如，封他做了丞相。

大將軍廉頗很不服氣，到處跟別人說：「藺相如只不過會動動嘴皮子，可是官位竟然比我還高，我一定要讓他難堪。」他的話傳到了藺相如的耳朵裡，藺相如處處都小心避讓他。

別的大臣看到了都很不解，問藺相如：「您的地位比廉將軍高，為什麼這麼怕他呢？」

藺相如問他們：「你們說，廉將軍跟秦王相比，哪一個屬

害呢？」大家回答說：「那當然是秦王屬害啊！」

藺相如說：「沒錯！我連秦王都不怕，難道還怕廉將軍嗎？」

看到大家疑惑的樣子，藺相如接著說：「秦國不敢來侵犯趙國，就因為有我和廉將軍兩人在。要是我們兩人不和睦，秦國知道了，就會趁機侵犯趙國。為了國家的安危，我受一點委屈又算得了什麼呢。」

廉頗聽說了藺相如的這番話，十分地慚愧。第二天，他裸著上身，背著荊條，跪在藺相如家門口請罪。

藺相如連忙扶起廉頗，從這以後，兩人同心協力輔佐趙王。

不肯長大的小泰萊莎

[義大利] 賈尼·羅大里

　　從前，在很遠很遠的一個村子裡，住著小泰萊莎和她的家人。小泰萊莎每天帶著弟弟一起去農場裡撿雞蛋、餵乳牛，真開心啊。

　　可是沒過多久，戰爭爆發了，爸爸被抓去當兵打仗。

　　有一天，小泰萊莎看到媽媽和奶奶一直在掉眼淚，就好奇地問：「妳們為什麼要哭啊？」奶奶傷心地說：「小泰萊莎，妳的爸爸再也回不來了。」

小泰萊莎聽了感覺很奇怪，她問：「為什麼爸爸回不來了？他還要帶我去田裡抓小鳥呢。」

　　媽媽說：「爸爸永遠離開我們了，等妳長大以後就明白了。」

　　「我什麼都不想知道，」小泰萊莎哭著說：「以後，我也不想長大了。」

　　從那天起，小泰萊莎真的不再長大了。慢慢地，弟弟都長得比她高了，村子裡和她同齡的女孩都在準備嫁衣了，小泰萊莎卻還是一點都沒有長大。村子裡的人都笑她：「妳要是再不長大，就沒有男孩子願意娶妳了。」可是小泰萊莎根本不在乎，她還是不願意長大。

　　後來，村子裡的人都叫她「不肯長大的小泰萊莎」。

　　過了一段時間，媽媽得了重病，被送進了醫院，

家裡的工作全都落到奶奶身上。奶奶年紀已經很大了，還要背一捆捆的柴火，提一桶桶的水。小泰萊莎看著奶奶吃力的樣子很難過，自言自語地說：「唉，要是我能長大一點多好，這樣就可以幫奶奶工作了。」說也奇怪，她馬上就長大了一點，也能輕鬆地背起一捆柴火，提起滿滿的一桶水。

接著，小泰萊莎來到了牛棚，想幫奶奶鏟草餵牛。可是鏟子太重了，不管小泰萊莎怎麼用力，都舉不起來。「看來，我還得再長大一點。」話剛說完，小泰萊莎真的又長大了一點。現在，她輕而易舉地就舉起鏟子，鏟來很多草，牛吃得津津有味。

130

過了些日子，奶奶去世了，媽媽依然躺在醫院裡，小泰萊莎承擔起全部的家務。每天，小泰萊莎把房間收拾得乾乾淨淨，在園子裡種滿蔬菜，還要準備一家人的飯食，照顧弟弟，累得筋疲力盡。她想：我要是再長大一點就好了。

果然，小泰萊莎又長大了一點，她照鏡子的時候，發現鏡子裡都裝不下自己了。現在，她已經和同齡的女孩長得一樣高了，工作的時候，也不再那麼吃力了。

媽媽的病終於康復了，她回到家看見自己的小泰萊莎竟然長成了一個又高又漂亮的女孩子，真是又驚又喜。可是媽媽的身體還沒有完全康復，小泰萊莎不肯讓媽媽工作，她對媽媽

說：「妳去外面曬曬太陽吧，家事就讓我來做吧！」

小泰萊莎要做的事情更多了，她忙不過來的時候，只好對自己說：「請讓我再長大一點吧，這樣才能好好地照顧媽媽。」然後，她就真的又長得高了一些，做起家事來也非常輕鬆了。現在，她已經是村子裡最高的女孩了。

一天，村子裡來了一個全副武裝的強盜。他拿著槍把村民們趕到廣場上，威脅大家交出所有的金子，要不然就燒掉全村的房子。村民都很害怕，紛紛拿出自己家的金子，交給那個強盜。小泰萊莎偷偷地勸大家一起趕跑強盜，可是村民都很怕強盜的槍，不敢抬起頭來。

132

小泰萊莎生氣地回到家，大聲喊：「我要再長大一些！」話剛說完，她就飛快地長高，直到頭頂到了天花板。她走出屋子，覺得自己還不夠高，嘟著嘴說：「我應該長到煙囪那麼高。」當她長到煙囪那麼高時，她才滿意地往廣場走去。那個強盜看見小泰萊莎巨人，嚇得拔腿就跑。小泰萊莎拎起他的衣領，把他掛在鐘樓上，生氣地說：「好好待在這裡，等警察來抓你吧！」

　　一個人制服了強盜，小泰萊莎成了村子裡的英雄。

　　「這次我長得實在太高了，」小泰萊莎卻很苦惱：「但是有什麼辦法呢？總要有人來制服強盜啊！」就在這個時候，發生了一件奇妙的事情。小泰

萊莎每走一步，她的身材就縮小一些。走著走著，她就變成了中等身材，並且成為村子裡最漂亮的女孩。

列那狐偷魚

[法國] 瑪·阿希·季諾

　　從前，有隻聰明的狐狸叫列那狐。

　　這年冬天十分寒冷，列那狐家的食物櫃空了，一家子都餓壞了。

　　列那狐出去找吃的，可是外面天寒地凍，他真不知道該去哪裡，便垂頭喪氣地坐在路上。

　　忽然，一股誘人的香味鑽進列那狐的鼻子裡，他奮力地嗅了幾下：「這是鮮魚的香味啊！」

　　列那狐跳到路邊的籬笆旁邊，他發現遠處來了一輛馬車。毫無疑問，這股香香的味道就是從這

輛車子裡散發出來的。的確，那正是兩個魚販趕著馬車要去城裡賣魚。

列那狐繞到大路的一邊，躺在路中間裝死：軟綿綿的身體，閉著眼睛，伸出舌頭，跟一隻死狐狸一模一樣。

兩個魚販看到了列那狐，趕忙停下車，以為這是一隻死狐狸。他們漫不經心地把列那狐丟到車上的魚筐旁邊，一邊討論這漂亮的狐狸毛皮能賣多少錢，一邊繼續趕路。

列那狐用鋒利的牙齒咬開了一個魚筐，開始了他的大餐。一眨眼工夫，至少三十條鯡魚進了他的肚子。之後，列那狐開始為家人著想，他巧妙地把幾條鰻魚串起來做成一串項鏈，掛在自己的脖

子上， 然後輕輕地從車後滑到了地上。

　　他下車雖然很輕， 但還是發出了一點聲音。

　　兩個魚販轉頭一看， 驚訝地發現那隻死狐狸從車上逃跑了。 列那狐嘲諷地向他們喊道： 「我的好朋友， 謝謝你們送給我鰻魚！」 兩個魚販這才明白， 列那狐捉弄了他們。 他們立刻停住馬車， 去追捕列那狐。 可是狐狸跑得比他們快多了。

　　列那狐一下子就跑回家了， 妻子和孩子高興地來迎接他。 他們看到列那狐脖子上掛的這串項鍊， 覺得比任何首飾都高貴美麗。

給孩子的話

　　兩個魚販本來想賣掉狐狸皮毛來賺一點錢，沒想到列那狐正利用了他們貪小便宜的心理，得到了食物，順利逃脫了。所以，貪小便宜可不是好習慣哦。

伊桑格蘭釣鰻魚

[法國] 瑪·阿希·季諾

　　很久以前，　有一隻聰明的狐狸叫列那狐，　他總是被一隻叫伊桑格蘭的大灰狼欺負。

　　寒冬的一個晚上，　列那狐和伊桑格蘭去狗熊家串門子。　回來的路上，　他們看到池塘裡結了厚厚一層冰，　冰上有一個大圓洞。

　　列那狐看到冰洞旁邊還放著一個水桶，　他馬上就有了一個好主意。

138

「哈哈，」他開心地自言自語道：「這剛好是個抓鰻魚的好地方呢！」

快要凍僵的伊桑格蘭一聽到鰻魚，口水都要流出來了，忍不住立刻問道：「怎樣才能抓到鰻魚呢？」

「就用這個傢伙，」列那狐指了指水桶說：「拿一條繩子把它綁住，沉到水裡去。不過一定要有耐心，要等很久才能把水桶提上來。那時候，水桶裡就會有滿滿的美味鰻魚了。」

「讓我來吧！」伊桑格蘭搶著說。

他多想要有滿滿一桶的鰻魚啊。

「好吧，既然你這麼著急，我就讓你先抓吧。」列那狐裝出一副不

139

情願的樣子：「可是，我們沒有綁水桶的繩子啊。我這裡雖然有一點線，但是一定不夠用。」

「啊，有辦法了！」伊桑格蘭叫起來：「你把水桶綁在我的尾巴上。我坐在冰洞旁，把水桶沉到水裡去，等著鰻魚游進水桶裡。」

列那狐偷偷地笑了，立刻把水桶緊緊地綁在伊桑格蘭的尾巴上。然後，列那狐裝作去灌木叢裡睡覺的樣子，實際上已經溜之大吉了。

夜晚越來越冷，水桶裡的水逐漸結成了冰。可憐的伊桑格蘭覺得水桶越來越重，他還以為已經裝滿魚了呢，非常地高興。

最後，水桶裡的冰結得又硬又厚，伊桑格蘭完全動彈不得。他焦急地大聲喊

叫：「列那狐，裡面的魚裝得太多了，我已經動不了啦！你快來幫我一下呀！天亮時獵人過來就危險了！」

可是，灌木叢裡根本沒有動靜。

一個早起的獵人走了過來，發現了動彈不得的伊桑格蘭。獵人拔出劍，正想刺死這隻狼，沒想到腳下一滑，劍沒有刺中伊桑格蘭的身體，卻把他凍在冰裡的一截尾巴斬斷了。

伊桑格蘭忍著疼痛逃走了，他除了把一截美麗的尾巴留在冰裡以外，皮也受傷了，掉了不少狼毛。

從此以後，他再也不敢欺負聰明的列那狐了。

給孩子的話

習慣欺負別人的人，永遠得不到真正的愛和尊重，就像大灰狼伊桑格蘭。遇到困難的時候，是不會有人願意幫他的。

青蛙公主

俄羅斯民間傳說

　　古時候有一個老國王，他有三個兒子。兒子們到了娶親的年紀時，老國王拿出三支箭，說：「你們每個人射出一支箭，跟著箭走，就能找到自己的妻子了。」

　　大王子的箭落到一位貴族的院子裡面，他娶了一位貴族小姐。二王子的箭落到一位商人的院子裡，他娶了商人的女兒。小王子的箭被一隻青蛙撿到了，小王子沒有辦法，只好娶了青蛙做新娘。

　　一天，老國王想看看三個兒媳婦的手藝，就吩咐三個兒子，讓他們的妻子趕製一件新襯衫。小王子十分煩惱地告訴了青蛙，青蛙卻勸

他不用擔心。 等小王子睡著的時候， 青蛙脫下一身青蛙皮， 變成了美麗的公主瓦西麗薩， 她縫製了鑲著金銀飾物、 繡著精緻花紋的襯衫。 第二天， 小王子把新襯衫拿給老國王， 老國王看了十分滿意。

接下來， 老國王又想看看哪個媳婦最會做飯， 就讓三個媳婦每個人烤一個麵包。 結果， 青蛙又趁小王子熟睡的時候， 變成了美麗的公主瓦西麗薩， 做出了最香最甜的烤麵包。 第二天， 小王子帶去的麵包得到了老國王的稱讚。

過了幾天， 老國王的生日到了， 每個王子都必須帶妻子去參加宴會。 青蛙讓小王子一個人先走， 說自己等一下再去。 宴會上， 兩個哥哥帶著美麗的妻子一直取笑弟弟。 突然

143

之間，一輛金色的馬車飛馳而來，瓦西麗薩從馬車上走下來，挽住了小王子的手，她的美貌讓所有人都驚訝不已。

宴會繼續進行著，小王子悄悄跑回家，找到妻子的那張青蛙皮，扔到爐子裡燒掉了。瓦西麗薩回到家裡，發現青蛙皮被小王子燒了，傷心地說：「本來再過三天我就能變回人形，可是現在，我必須離開你了。你到凶老頭卡謝那裡找我吧。」說完，瓦西麗薩變成一隻布穀鳥飛走了。

小王子非常後悔，趕忙上路去尋找瓦西麗薩。路上，他碰到一位白髮蒼蒼的老人，老人對他說：「瓦西麗薩美麗聰慧，她的後母嫉恨她，所以叫女巫把她變成了青蛙。現在，我給你一個毛線團，它滾到哪裡，你就跟著它到哪裡。」

小王子向老人道謝，跟著線團走啊走啊。

他在路上碰見了一隻熊，便想拔箭射死他，熊卻對他說：「小王子，別打死我呀，說不定什麼時候我對你會有好處。」小王子放走了熊。接下來，他還放走了野鴨和兔子，也救了海灘上的一條狗魚。

也不知道走了多久，線團滾到森林裡的一間小木屋旁。小王子走了進去，一個模樣可怕的女巫對他說：「你妻子

145

在凶老頭兒卡謝那裡，要救她出來是很困難的啊！卡謝的弱點藏在一根針的針尖上面，那根針藏在一個鴨蛋裡，鴨蛋在一隻母鴨的肚子裡，母鴨又待在一隻兔子的肚子裡，兔子則蹲在一個大石頭箱子裡，而石頭箱子被放在高高的橡樹上，卡謝就像保護他自己的眼睛一樣，保護著這個箱子。你必須找到這根針，並把它折彎。」小王子向女巫道謝，朝著高大橡樹的方向出發了。

小王子不知道又走了多久，終於來到了橡樹下。樹頂上果然有一個大石頭箱子，要拿下它可真是太難了。這時，小王子救過的那隻熊跑來把橡樹連根拔起，箱子掉下來摔碎了。

箱子裡的兔子跳了出來，拚命地

146

逃跑，這時，小王子救過的那隻兔子很快追上，並咬死了他。兔子的肚子裡飛出一隻母鴨，小王子救過的那隻野鴨猛然朝她撲過去，剛撞了她一下，鴨蛋就從母鴨的肚子裡掉了出來，掉到了大海裡面。接下來，岸邊游來那條狗魚，嘴裡叼著鴨蛋，小王子趕緊打碎蛋殼取出針，然後用力地把它折彎。

凶老頭卡謝終於被制服了。小王子解救出妻子瓦西麗薩，他們一起回到家中，過著幸福的生活。

給孩子的話

小王子在尋找青蛙公主的路上，得到了熊、野鴨、兔子和狗魚的幫助，最終救出了公主。小朋友也要做一個熱心善良的人，多多幫助有需要的人。

南轅北轍

中國成語故事

　　從前有個魏國人，他想到楚國去。

　　這一天，他帶了很多的財物，雇了最好的車馬，請了駕車技術最精湛的車伕，很快就上路了。

　　楚國在魏國的南方，可是這個人卻叫車伕趕著馬車一直往北走。

　　路上，魏國人遇到了一個朋友。朋友問他：「你要去哪裡呢？」他大聲回答說：「去楚國！」朋友聽了一驚，趕忙說：「到楚國去應該往南走啊，你為什麼往北走呢？」誰知道，那個魏國人卻毫不在乎地說：「沒關係，我的馬跑

得ㄉㄜ˙很ㄏㄣˇ快ㄎㄨㄞˋ！」

　　朋ㄆㄥˊ友ㄧㄡˇ聽ㄊㄧㄥ了ㄌㄜ˙哭ㄎㄨ笑ㄒㄧㄠˋ不ㄅㄨˋ得ㄉㄜ˙，說ㄕㄨㄛ：「方ㄈㄤ向ㄒㄧㄤˋ錯ㄘㄨㄛˋ了ㄌㄜ˙，你ㄋㄧˇ的ㄉㄜ˙馬ㄇㄚˇ再ㄗㄞˋ快ㄎㄨㄞˋ，也ㄧㄝˇ到ㄉㄠˋ不ㄅㄨˋ了ㄌㄠˇ楚ㄔㄨˇ國ㄍㄨㄛˊ呀ㄧㄚ˙！」

　　魏ㄨㄟˋ國ㄍㄨㄛˊ人ㄖㄣˊ還ㄏㄞˊ是ㄕˋ毫ㄏㄠˊ不ㄅㄨˋ在ㄗㄞˋ乎ㄏㄨ地ㄉㄜ˙說ㄕㄨㄛ：「沒ㄇㄟˊ關ㄍㄨㄢ係ㄒㄧˋ，沒ㄇㄟˊ關ㄍㄨㄢ係ㄒㄧˋ，我ㄨㄛˇ帶ㄉㄞˋ的ㄉㄜ˙錢ㄑㄧㄢˊ還ㄏㄞˊ很ㄏㄣˇ多ㄉㄨㄛ！」

　　朋ㄆㄥˊ友ㄧㄡˇ繼ㄐㄧˋ續ㄒㄩˋ勸ㄑㄩㄢˋ說ㄕㄨㄛ道ㄉㄠˋ：「你ㄋㄧˇ的ㄉㄜ˙錢ㄑㄧㄢˊ再ㄗㄞˋ多ㄉㄨㄛ，可ㄎㄜˇ是ㄕˋ方ㄈㄤ向ㄒㄧㄤˋ錯ㄘㄨㄛˋ了ㄌㄜ˙，還ㄏㄞˊ是ㄕˋ到ㄉㄠˋ不ㄅㄨˋ了ㄌㄠˇ楚ㄔㄨˇ國ㄍㄨㄛˊ啊ㄚ˙！」那ㄋㄚˋ個ㄍㄜˋ魏ㄨㄟˋ國ㄍㄨㄛˊ人ㄖㄣˊ生ㄕㄥ氣ㄑㄧˋ地ㄉㄜ˙說ㄕㄨㄛ：「這ㄓㄜˋ有ㄧㄡˇ什ㄕㄣˊ麼ㄇㄜ˙難ㄋㄢˊ的ㄉㄜ˙呢ㄋㄜ˙，車ㄔㄜ伕ㄈㄨˊ趕ㄍㄢˇ車ㄔㄜ的ㄉㄜ˙本ㄅㄣˇ領ㄌㄧㄥˇ也ㄧㄝˇ很ㄏㄣˇ高ㄍㄠ呢ㄋㄜ˙！」說ㄕㄨㄛ完ㄨㄢˊ就ㄐㄧㄡˋ頭ㄊㄡˊ也ㄧㄝˇ不ㄅㄨˋ回ㄏㄨㄟˊ地ㄉㄜ˙讓ㄖㄤˋ車ㄔㄜ伕ㄈㄨˊ駕ㄐㄧㄚˋ車ㄔㄜ走ㄗㄡˇ了ㄌㄜ˙。

　　朋ㄆㄥˊ友ㄧㄡˇ看ㄎㄢˋ著ㄓㄜ˙馬ㄇㄚˇ車ㄔㄜ越ㄩㄝˋ來ㄌㄞˊ越ㄩㄝˋ遠ㄩㄢˇ，不ㄅㄨˋ禁ㄐㄧㄣ嘆ㄊㄢˋ了ㄌㄜ˙一ㄧ口ㄎㄡˇ氣ㄑㄧˋ，說ㄕㄨㄛ：「你ㄋㄧˇ的ㄉㄜ˙馬ㄇㄚˇ越ㄩㄝˋ快ㄎㄨㄞˋ，錢ㄑㄧㄢˊ越ㄩㄝˋ多ㄉㄨㄛ，車ㄔㄜ伕ㄈㄨˊ的ㄉㄜ˙技ㄐㄧˋ術ㄕㄨˋ越ㄩㄝˋ好ㄏㄠˇ，只ㄓˇ會ㄏㄨㄟˋ離ㄌㄧˊ楚ㄔㄨˇ國ㄍㄨㄛˊ越ㄩㄝˋ來ㄌㄞˊ越ㄩㄝˋ遠ㄩㄢˇ啊ㄚ˙！」

給孩子的話

　　如果方向錯誤了，再優越的條件都只會讓你離目的地越來越遠。

149

狐假虎威

中國成語故事

　　有一天，一隻飢腸轆轆的老虎碰到了一隻狐狸，狐狸想逃走，卻被老虎一把抓住。

　　眼看自己已經無法逃脫，狐狸立刻裝出一副毫不在乎的模樣，大聲對老虎說：「你敢吃我？我可是天帝派來管理所有野獸的！你要是吃了我，就是違抗天命！」

　　老虎一聽愣住了，半信半疑地鬆開了狐狸。狐狸不慌不忙地說：「你要是不信，就跟在我的後面走一趟，看看是

不是所有的野獸看見我都趕快逃命。」老虎聽狐狸說話的口氣，有點相信了，因此決定跟著狐狸去看看。

森林裡大大小小的野獸，看見狐狸大搖大擺、耀武揚威地走過來，覺得很奇怪。再一看狐狸後面跟著一隻張牙舞爪的大老虎，嚇得四處奔逃。

老虎看見大家這麼害怕，心想：野獸們果然都害怕狐狸，他一定是天帝派來的。想到這裡，老虎也慌慌張張地逃走了。

老虎哪裡知道，那些動物怕的不是狐狸，而是跟在狐狸身後的老虎啊！

給孩子的話

威風的老虎為什麼會被狐狸騙得團團轉呢？小朋友不要學糊塗的老虎，被壞人利用，卻沒發覺哦！

畫龍點睛

中國成語故事

　　南北朝時期，有個著名的畫家叫張僧繇，畫畫的技巧非常高明，他特別擅長畫龍。

　　傳說有一年，張僧繇在金陵安樂寺的牆壁上畫了四條龍，這四條龍畫得惟妙惟肖，栩栩如生，好像活的一樣。遊人聽聞張僧繇竟然畫得這麼傳神，紛紛前來觀看，人人讚不絕口。

　　唯一讓大家覺得美中不足的是，這四條龍都沒畫上眼睛。於是，大家請求張僧繇把龍的眼睛點上。

張僧繇說：「不能畫眼睛，如果畫上眼睛，他們就會變成真龍飛走的！」

大家聽了他的話，都覺得太荒唐，根本不相信。於是大家起閧說：「你說得太難以相信了，那就幫龍畫上眼睛，讓我們看看吧！」

張僧繇只好揮動畫筆，將其中兩條龍的眼睛畫上去。他剛剛畫完，突然間電閃雷鳴，風雨交加，只見牆壁上的這兩條龍騰雲駕霧，飛向了天上。

這下子，大家才相信張僧繇的話。而牆壁上的四條龍，也只剩下沒有畫上眼睛的那兩條龍了。

掩耳盜鈴

中國成語故事

　　從前，有個人很愛占人便宜，經常偷別人家的東西。

　　有一次，他看到一戶人家門口掛著一個大鐘，聲音很響亮，樣子也非常好看，就想偷回家去。可是，等他走到門前仔細一看，發現這鐘又大又重，怎麼樣都挪不動。他想來想去，只有一個辦法：把鐘敲碎，再分別搬回家。

　　想到這裡，他找來一把大鎚子，拼命敲打大鐘，大鐘發出「匡」的一聲巨響，把這個人嚇了一大跳。

　　他很慌張——心想萬一被人聽見了怎麼辦

啊？他越想越急，趕緊用雙手摀住自己的耳朵。

「咦，鐘聲變小了，聽不見了！」他一下子高興起來，「太好了！只要把耳朵摀住，別人就聽不到鐘聲了。」這個人立刻找來兩個布團，把耳朵塞住。

接下來，他就放心地敲打大鐘。一下接著一下，鐘聲響亮地傳到很遠的地方。

人們聽到鐘聲立刻趕過來，一下子就把他捉住了。

後來，人們用「掩耳盜鈴」來比喻自欺欺人。

巨人的花園

[英國] 奧斯卡‧王爾德

　　從前， 在一個小鎮上有個壞脾氣的巨人， 他有一個花園。 每當巨人外出的時候， 孩子們就會偷偷地到巨人的花園裡玩。

　　有一天， 巨人回來了。 他看見孩子們在花園裡玩， 生氣極了， 大聲嚷著：「這是我的花園， 都給我出去！」 孩子們都被嚇跑了， 巨人又沿著花園築起一道高高的圍牆。

　　從那以後， 孩子們再也不敢來了。

　　現在， 孩子們沒有地方玩了， 因為街上到處是石頭和灰塵， 還有來來往往的車子。

　　孩子們時常在巨人的花園圍牆外面轉啊轉啊。

很快，春天來了，整個小鎮到處盛開著鮮花，處處有小鳥在歡唱。然而巨人的花園裡卻還是冬天的景象，樹木不願意開花，小鳥不願意唱歌，陪伴巨人的只有厚厚的積雪。

「春天怎麼還不來呢！」巨人傷心地自言自語。

沒有春天，自然接下來也就不會有夏天和秋天。當外面一片豐收景象的時候，巨人的花園裡還是光禿禿的冬天。

一天早上，巨人突然聽到窗外有小鳥在唱歌。他立刻從床上跳起來，推開了窗戶，花園裡到處是春天的味道，每棵樹上坐著一個小孩，樹上開滿了香香的花朵。在花園的角落，有個小男孩站在樹下偷偷地哭泣，因為他一直沒辦法爬到樹上去。

看著窗外的一

切，巨人的心融化了。

「我以前怎麼會那麼自私呢？」他說：「我明白為什麼春天不肯到我這裡來了。」

巨人輕輕地走到花園裡，但是孩子們一看到他，都嚇得逃走了，只有那個偷偷哭著的小男孩沒有跑。巨人雙手輕輕托起小男孩放在樹枝上，樹上的雪一下子融化了，花都開了，鳥兒也飛到樹枝上唱歌。

小男孩很開心地笑了，他伸出雙臂摟著巨人的脖子，親吻他的臉。其他孩子看見巨人沒有發火，紛紛跑回來了，整個花園裡到處是孩子們的笑聲。

「孩子們， 這是你們的花園了。」巨人悄悄地叫來僕人， 把圍牆推倒了。從此， 巨人和孩子們一起在這座世界上最美麗的花園中玩耍。

很多年過去了， 在花園裡玩鬧的孩子換了一批又一批， 巨人也變老了。 他坐在躺椅上， 看著快樂的孩子們， 幸福地說： 「這些孩子才是我花園裡最美麗的花啊！」

🐻 給孩子的話

巨人的花園裡為什麼總是陰冷的冬天呢？為什麼後來春天又來了呢？原來，分享可以帶來愛和溫暖，感受到更多的快樂。

傑克和魔豆

［英國］史克·布茲

　　從前，有一戶很窮的人家，家裡只有一個叫傑克的男孩和他的母親。

　　有一天，母親對他說：「傑克，你把家裡的母牛賣了吧！麵粉快吃光了，你賣了母牛後，買一些麵粉回來！」

　　於是，傑克牽著母牛往市集上走，路上遇到了一個老人。

　　「喂，小夥子，能不能用我的豆子換你的母牛？這可是神奇的魔豆，它們一下子就會長到天上。」老人攤開手裡的豆子說。

　　傑克很想知道神奇的魔豆會長成什麼樣，就把母牛換給了老人叔。傑克回到家，把事情告訴了母親。母親生氣地罵了他，並把魔豆丟到了窗外。

　　誰都不知道，魔豆滾到了土裡，開始發芽。整個晚上，它都在不停地長啊長，豆蔓一直長到了天上。

　　第二天，傑克發現了窗外的豆蔓，他仰起頭都沒辦法看到盡頭。「看來，這豆子果然很神奇。」傑克決定爬上豆蔓去看個究竟。

　　他爬呀爬呀，很快就爬到了天上。不遠處有一座很大的城堡，傑克向那裡

走過去。

　　在城堡門口，傑克看見一個胖胖的老婆婆，就請求道：「老婆婆，您能不能給我一點食物？我餓極了！」

　　老婆婆覺得傑克很可憐，就去拿了一些點心。她說：「趕快吃完離開吧，不然等我丈夫回來，會把你吃了的。」

　　老婆婆話剛說完，就傳來了「咚咚咚」的腳步聲。

　　老婆婆連忙讓傑克躲進鍋子裡。原來，老婆婆的丈夫是個喜歡吃小孩的巨人。巨人聞到屋子裡有生人的味道，就仔仔細細地找起來，傑克躲在鍋子裡嚇得發抖。幸虧，他在屋裡找了一圈後，有一點累了，就在桌旁坐下來，數起剛剛搶來的金幣，數著數著就睡著了。

傑克偷偷地從鍋子裡爬出來，然後抱起金幣袋子，就順著豆蔓滑下來，回到家了。

　　傑克和母親有了金幣，生活好了起來。

　　但是日子沒有多久，金幣就用光了。傑克又沿著豆蔓爬到城堡裡，這回，他趁巨人睡著的時候抱回一隻會下黃金蛋的母雞。

　　當傑克第三次來到巨人的城堡時，巨人剛得到一把漂亮的豎琴。這把豎琴能自己彈奏出美妙動聽的曲子，傑克喜歡得不得了。等巨人一睡著，他抱起豎琴就逃走。可是，豎琴卻忽然叫了起來：「主人，主人！」

　　巨人驚醒了，他馬上過來抓傑克。

傑克「嗖」地滑下豆蔓，逃回家裡。眼看著巨人也要順著豆蔓滑下來，傑克趕緊從母親那裡拿來一把斧頭，用力地砍起豆蔓來。「啪」的一聲，整株豆蔓倒了下來。正抱著豆蔓往下滑的巨人不知道被摔到哪裡，現在都沒人看到他。

從此以後，會生黃金蛋的母雞和會發出美妙聲音的豎琴一直陪伴著傑克和母親，母子倆過得非常幸福。

給孩子的話

傑克的好奇心讓他爬上豆蔓，來到了壞巨人的城堡，使自己和母親過著幸福的生活。小朋友也要對生活充滿好奇心和想像力，但是千萬要注意安全哦！

聰明的小裁縫

[德國] 雅各布・格林　威廉・格林

　　從前有一位驕傲的公主，每當有人向她求婚，她總要出謎語讓人家猜，如果猜不中，就傲慢地把他趕走。

　　有三個裁縫知道了這件事，其中兩個大個子裁縫認為自己很聰明，求婚一定能成功。另外一個是身材矮小的小裁縫，他也打算試一試。兩個大個子裁縫對他說：「你還是待在家裡算了，憑你那一點小聰明是沒有辦法求婚成功的。」可是小裁縫並不這麼認為。

　　三個裁縫一起來到了皇宮。

　　公主問：「我的頭髮有兩種顏色，你們猜是什麼顏色？」

一個大個子裁縫搶著說：「那一定是黑白兩色，像芝麻點布一樣。」公主搖搖頭。

另一個大個子裁縫接著說：「那一定是棕紅兩色，像禮服一樣。」公主還是搖頭。

小裁縫大膽地站出來，說：「公主有銀髮和金髮，就是這兩種顏色。」

小裁縫猜對了，公主嚇得面色非常地蒼白，她以為世上沒人知道這個祕密呢！可是公主不願意嫁給小裁縫，她定了定神，說：「如果你要我嫁給你，就必須去獸欄裡和熊過一夜，如果明天早上你還活著，就可以和我結婚。」小裁縫高興地答應了。

這天晚上，小裁縫被送進了獸欄。

166

突然，一隻凶猛的熊向他撲過來。「別動！別動！」小裁縫邊說邊從口袋掏出一把堅果，咬開殼，吃起果仁來。熊聞到香味，也要吃果仁。

小裁縫從口袋裡掏出了一把石頭遞給熊，熊怎麼咬也咬不開，便對小裁縫說：「喂，幫我咬一下。」小裁縫接過石頭，卻趁熊不注意的時候，把一個堅果塞進口中，「喀嚓」一聲，堅果被咬成兩半了。

熊認定自己也可以咬開，又從小裁縫手中要了石頭，用力地咬啊咬，卻咬

斷了兩顆門牙。

　　然後，小裁縫從衣服裡抽出一把小提琴，開始演奏樂曲。熊聽到音樂聲，情不自禁地跳起舞來。

　　熊跳了一下子，說：「我也要學小提琴，你趕快教我！」

　　「可以呀，」小裁縫說：「不過你的爪子太長了，我必須先幫你修修指甲才行。」

　　說完，小裁縫拿出一把老虎鉗，緊緊鉗住了熊爪，說：「待著不要動，等我拿一把剪刀來。」說完，小裁縫悄悄地躺在一捆麥稈上睡著了，熊卻痛得大叫起來。

　　公主聽見了熊的咆哮聲，以為小裁縫沒命了。

　　第二天早上，公主跑到了獸欄一看，發現小裁縫竟安然無恙，只好同意跟小裁縫結婚。

小裁縫和公主乘著馬車去教堂舉行婚禮。

　　兩個大個子裁縫很嫉妒，他們故意放出了那隻熊。熊憤怒地追趕馬車，邊喘粗氣邊咆哮。公主嚇壞了，小裁縫靈機一動，將雙腳伸出窗外，叫道：「看見老虎鉗了吧！再不走，我就把你夾進去！」熊一見那傢伙，嚇得立刻轉身逃跑了。

　　公主很佩服小裁縫的勇敢和機智。他們平安地到了教堂，並舉行婚禮，從此過著幸福美滿的日子。

🐻 給孩子的話

機智勇敢的小裁縫，用自己的智慧制服了凶猛的熊，娶到了公主。只要機智勇敢地面對困難，就一定能解決問題。

疑鄰盜斧

中國成語故事

　　從前，在鄉下有一個人，他在山上砍柴的時候，將一把斧頭遺失在一棵樹下，當時他卻沒有發現。

　　幾天以後，他又要用斧頭的時候，才發現自己的斧頭已經不見了。

　　「斧頭跑到哪裡去了呢？」他心裡很納悶，就在自己家的門後面、桌子下面、堆柴草的房間裡，裡裡外外都翻了一遍，可是還是沒有找到斧頭。他開始

懷疑是被鄰居家的兒子偷走的。

　　這麼一想，他覺得鄰居家小孩越來越可疑了。不光是走路的樣子，連他的神態、動作也像，甚至他說話時的聲調都像是偷了斧頭的人。總之，他越看越覺得像，認定就是鄰家小孩偷了自己的斧頭！

　　又過了幾天之後，這個人又到山上砍柴去，竟然在那棵樹下發現了自己的斧頭！

　　回到家裡的時候，這個人又看見了鄰居家的兒子。現在在他眼裡，這個孩子的一舉一動，竟一點也不像是偷斧頭的人了。

給孩子的話

　　這個故事告誡人們，如果不依據事實證據，只用自己的感覺作為判斷是非的標準，往往會得出錯誤的結論。

鄭人買履

中國成語故事

　　從前有一個鄭國人，他看到腳上的鞋子穿得很舊了，就準備到市集上去買一雙新的。

　　這個鄭國人去市集之前，在家先用一根小繩子量好自己腳的尺寸，然後起身出門了。

　　到了市集上，這個鄭國人走到鞋鋪前，準備量鞋的尺寸時才發現，出門的時候走得匆忙，竟然忘記帶那根小繩子了，於是又急急忙忙地跑回家。

等他拿了小繩子，氣喘吁吁地返回市集時，市集早就已經散了，一個賣鞋的人都沒有。

他懊悔地又跺腳又嘆氣，最後也只好回家了。

鄰居看見他一副垂頭喪氣的樣子，關心地詢問他發生了什麼事情，聽說他因為回家拿量尺寸的小繩子而耽誤了買鞋，鄰居納悶地問：「你為什麼非要用量尺寸的小繩子買鞋，而不用自己的腳去試一試鞋子呢？」

這個人十分認真地回答：「我寧可相信小繩子，也不相信自己的腳。」鄰居聽了，忍不住暗暗嘲笑他做事死板。

給孩子的話

刻板地按原定計劃行事、不懂得變通，不僅會浪費時間，同時也會錯過很多機會。

小猴子下山

　　從前，有一隻小猴子，他要到山下去找吃的。

　　小猴子走啊走啊，來到了一塊玉米田裡。田裡的玉米結得又大又多，露出了飽滿的玉米粒。

　　小猴子非常高興，他掰了一個大大的玉米，扛在肩上往前走，一邊走一邊想：我要回家去啃玉米，這一定很香。

　　小猴子走啊走啊，來到了一棵桃樹下。樹上的桃子又大又紅，散發著一股香甜味。

　　小猴子非常高興，他把玉米丟到一邊，摘了幾個大桃子，捧在胸前往前走，一邊走一邊想：我要回家去吃桃子，這一定很

脆。

小猴子走啊走啊，來到了一片西瓜田裡，田裡的西瓜又大又圓。

小猴子非常高興，他又把桃子丟到一邊，摘了一個大大的西瓜，抱在懷裡往前走，一邊走一邊想：我要回去吃西瓜，這一定很甜。

小猴子走啊走啊，忽然看見一隻小兔子跳來跳去的，很可愛。小猴子非常高興，心想：把小兔子帶回家去，應該很好玩。於是，小猴子丟掉了西瓜，去追小兔子。

可是，小兔子跑得很快，很快就跑到森林裡，不見了。

天快黑了，小猴子只好兩手空空地回家了。

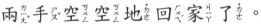

給孩子的話

小猴子下山找到了什麼？他最後為什麼兩手空空地回家了呢？無論做什麼事情，都要鎖定目標，堅持去做。如果半途而廢，什麼事都難以做好。

下金蛋的鵝

[古希臘] 伊索

　　鄉下的一間小房子裡，住著貧窮的農夫和他的妻子，他們養了一隻母鵝。

　　一天早上，農夫的妻子去穀倉裡撿鵝蛋，忽然大喊起來：「快來看呀，這裡有一枚金蛋！」

　　農夫跑過去一看，稻草上果然有一枚亮閃閃的金蛋。

　　當天下午，農夫來到市集上，把金蛋賣了一個好價錢，他用這些錢買了許多食物，和妻子享用了一頓豐盛美味的晚餐。

　　第二天早上，他們又跑到穀倉去看母鵝。「又一枚金蛋！」農夫驚喜地說，「我們很快地就會富有起來的。」

之後，母鵝每天都會下一枚金蛋。農夫把這些金蛋都賣掉，他們藉此過著富有的日子。

有一天，農夫的妻子說：「既然這隻母鵝每天都能下金蛋，那她的肚子裡肯定藏著很多金蛋。我們不如剖開她的肚子，把金蛋全部拿出來，這樣我們就會一下子有很多錢了。」農夫聽了，也覺得這是個好主意。他拿出一把鋒利的刀，把母鵝殺了。可是，等他剖開母鵝的肚子一看，發現裡面除了內臟之外，根本就沒有金蛋。

農夫和妻子非常後悔，可是已經來不及了，母鵝已經死了，他們以後再也不會有金蛋了。

給孩子的話

貪婪的心讓這對夫妻失去了已有的財富，變成一無所有的窮人。要懂得珍惜我們所擁有的，過度的貪婪會讓我們得不償失。

給小熊的一個吻

[美國] 艾爾斯‧敏納里克

　　小熊畫了一張畫。

　　小熊對不遠處的母雞說：「妳好，這張畫是我畫給外婆的。妳願意幫我帶給她嗎？」

　　「非常願意！」母雞說。

　　母雞趕到熊外婆家。

　　熊外婆看了小熊的畫，高興地把畫掛到了牆上。然後她抱起母雞，在母雞的背上吻了一下，說：「這個吻是給小熊的，妳願意幫我帶給他嗎？」

　　「我很願意！」母雞說著，從熊外婆的懷裡跳出來，匆匆趕往小熊家。

　　路上，母雞遇見了青蛙。

　　「你好，我帶了一個吻給小熊，是熊外婆給的。青蛙，你願意幫我帶給小熊嗎？」

　　「好啊！」青蛙說。

　　母雞在青蛙的背上吻了一下，青蛙就開始往小熊家去。可是他跳著跳著，跳到了池塘邊，想停下來游泳一會兒。

　　忽然，他看到小貓趴在岸邊，青蛙喊道：「嗨，小貓，我帶了一個吻給小熊，是熊外婆給他的。妳願意幫我把吻帶給小熊嗎？」

　　小貓又是打呵欠又是伸懶腰，一副

不太想幫忙的樣子。 沒想到， 青蛙一下子跳過來， 在貓的臉頰吻了一下， 算是小貓答應幫忙了。

貓只好懶洋洋地往小熊家走去。

路上， 小貓看見一片軟綿綿的青草地， 她想躺下來睡一會兒。

這時， 臭鼬先生從旁邊的草叢中鑽了出來。

「臭鼬先生， 」小貓說， 「我有一個帶給小熊的吻， 是熊外婆給的。 你願意幫我把吻帶給小熊嗎？ 」

臭鼬先生很樂意幫這個忙， 於是小貓把那個吻印在他的頭頂上。 但臭鼬先生跑了沒有多遠， 就碰見了漂亮的臭鼬小姐。

臭鼬先生就把那個吻給臭鼬小姐，臭鼬小姐又把吻還回來，臭鼬先生再還過去。他們倆你來我往，吻個不停。

　　這時，母雞正好走過來，說：「吻得太多了。」

　　「這是小熊的吻，是小熊外婆給他的。」臭鼬先生說。

　　「就是嘛！」母雞說：「現在誰拿著吻呢？」

　　臭鼬先生和臭鼬小姐紅了臉，回答不出來。

　　母雞生氣地啄了臭鼬先生一下，算是把那個吻拿了過來。她跑到小熊家，把那個吻給了小熊——母雞在小熊的耳朵上啄了一下。

　　「這是你外婆給的，」母雞說：「因為你送她那張畫。」

181

「那我也送一個吻給外婆吧。」小熊說。

不久，臭鼬先生和臭鼬小姐決定結婚了。他們請了小熊做伴郎，婚禮歡樂而美好，小熊還送新郎新娘一張畫——畫的是兩隻互相親吻的臭鼬。

最後，小熊決定把原本要給外婆的吻送給新郎和新娘——他親了臭鼬先生和臭鼬小姐一人一下。

給孩子的話

熊外婆的吻是怎麼樣傳給小熊的？只要熱心幫忙、願意分享，小朋友會獲得更多的幸福。

幸福人的襯衣

［義大利］卡爾維諾

從前，有一個憂傷的小王子，他總是悶悶不樂。

一天，國王問小王子：「我親愛的孩子，你為什麼總是不高興呢？」

小王子回答說：「父親，因為我根本感覺不到幸福。」

於是，國王張貼了一張大榜——只要誰能讓小王子知道什麼是幸福，就可以得到整整一袋金幣。

於是全國的聰明人聚在一起，為國王出了一個好主意：「陛下，只要找到一個真正幸福的人，把他的衣服帶回來，讓小王子穿上，小王子就能知道什麼

是幸福了。」

國王點點頭說：「這是好主意。」

於是，國王的士兵被派到各地去尋找真正幸福的人。

最後，他們終於找到了一個最最幸福的人。

這個人就是鄰國的國王。他有一個幸福的家庭，有美麗的妻子和聽話的孩子，而且在他的治理下，國家很繁榮。

大家都認為，他就是天下最幸福的人了。

於是，國王派使臣去拜見鄰國國王，向他要一件衣服。

「親愛的陛下，您是我們所找到的最幸福的人。請給我們一件您的衣服，我們的小王子穿上它，就能知道什麼是幸福了。」

鄰國的國王聽了，不高興地說：「人們都覺得我很幸福，因為我擁有

了很多很多的東西。但是，我覺得自己不幸福。我擔心兒子們長大後不好好治理國家；我也擔心外敵入侵，擾亂國家的安寧……」

這個使臣沒拿到國王的衣服，只好回去了。

過了好多天，國王都沒找到一個完全幸福的人。

就這樣，小王子沒有得到幸福人的衣服，還是整天悶悶不樂。

一天，國王帶著小王子去樹林裡打獵。

在樹林中，他們聽到不遠的地方傳來了快樂的歌聲。

國王心想：這樣唱歌的人一定是個幸福的人。

於是國王循著歌聲來到一座葡萄園。在那裡，一個年輕人正一邊唱著歌，一邊修剪葡萄藤。

「您好，陛下。」

「年輕人，你覺得生活幸福嗎？」

「當然！我現在不愁吃穿，還能工作，多幸福啊！」

「你難道不想有更多的錢，或者去做官嗎？」

「為什麼要那麼想呢？我現在就很幸福啊！」

國王高興地抓著年輕人的手，說：「我終於找到一個真正幸福的人了，快把你的衣服脫下來。」

就在這時，國王才忽然發現，這個幸福的人根本沒有穿衣服。

給孩子的話

故事裡的那個幸福的年輕人有穿衣服嗎？其實，幸福不是物質條件決定的。獲得幸福的祕訣在於積極樂觀的生活態度，這樣才能感受到生活的美好。

每天都過聖誕節

[美國] 威廉‧霍厄爾斯

　　很久以前，有個非常喜歡聖誕節的小女孩。感恩節剛剛過完，她就寫了一封信給聖誕節仙女，她在信中請求仙女：「求求仙女，讓人類每天都能過聖誕節吧！」

　　在那一年的平安夜，聖誕節仙女回信給小女孩了。信中說，她打算同意小女孩的請求。小女孩看了回信很高興，但她決定先不告訴任何人，這真是件令人興奮得跳起來的事情。

　　第二天的聖誕節，小女孩起床後，發現枕邊的長襪裡放滿糖果、玩具等小禮物，而爸爸媽媽的禮物則是她和哥

哥姊姊用糖果紙包的馬鈴薯和煤塊。 這是每個小孩子都喜歡開的玩笑。

　　過聖誕節不但有禮物， 爸爸媽媽還會在客廳的書桌上放滿各式各樣好吃、好玩的東西。 當然最最重要的， 還是那棵裝飾得氣派而迷人的聖誕樹—— 大人和小孩要準備好幾天， 才能讓它亮起彩燈， 掛滿各種小飾品。

　　小女孩這一天真是太快樂了， 她不僅得到了許多好玩的禮物， 還吃了很多糖果。 午餐就更豐富了， 有火雞、 薯餅、 甜布丁、 漢堡…… 都是小女孩喜歡吃的食物。

　　不過小女孩的爸爸說， 以後過聖誕節， 再也不能準備這麼多東西了。

　　可是第二三天早上， 小女孩醒來的時候， 發現聖誕節還沒過去， 一些小孩子圍著她蹦蹦跳跳地說： 「 聖誕節快樂！ 」 小女孩才

想起了聖誕節仙女的那封回信， 也記起了每天都過聖誕節的願望。

「啊， 仙女說的是真的， 每天都能過聖誕節了呢！ 」 小女孩看看床頭的聖誕禮物， 然後又奔到客廳裡。 聖誕樹還在呢， 客廳裡的糖果和禮物也跟昨天一樣多。

只是， 爸爸媽媽看起來都很疲倦， 他們嘟囔著： 「這是怎麼了， 今天為什麼又要過聖誕節呢？ 」

小女孩當然很高興， 她又吃了許多好東西， 直到玩雪橇的時候， 肚子突然痛了起來。

一連好幾天， 大家還在過聖誕節。 每個人的脾氣都變得壞透了， 只要到街上， 就會遇到許多發脾氣的人。

189

小女孩忽然害怕起來，是她讓這個世界每天都在過聖誕節。可是，她又不敢告訴別人這個祕密，就連自己的爸爸媽媽也不知道。小女孩無法阻止聖誕節持續不斷地過下去，所以，她感到非常地苦惱。

　　日子一天天過去，許多別的節日也被聖誕節代替了。商店裡的物品變得稀少了，特別是煤塊和馬鈴薯；當然還有火雞，他們快滅絕了；漿果必須要用一顆鑽石來交換；森林裡因為松樹被大量砍去做聖誕樹，現在只剩下光禿禿的樹樁。人們一天天變得貧窮了。

　　可憐的小女孩，她看見禮物都快嘔吐了，她把曾經非常喜歡的洋娃娃丟得滿地都是。不止是她，很多人把禮物丟在籬笆旁，

丟到窗戶外。　這些禮物妨礙了人們的日常生活，　警察都參與進來了，　他們叫禮物的主人把自己丟的東西從街道上清除掉，　否則就要受到處分。

　　小女孩做夢的時候，　把她寫信給聖誕節仙女的祕密說了出來。　慢慢地，　所有人都知道了這件事情。

　　現在，　所有的人都討厭她，　幾乎沒有人和她玩了。　就是因為她的貪心，　才讓世界變成這個糟糕的樣子。

　　小女孩非常痛苦，　她又開始寫信給

聖誕節仙女了，並請求她停止每天都過聖誕節。

「難道再也不要過聖誕節了嗎？」仙女回信的時候問小女孩。

小女孩思考了一下，這樣回答聖誕節仙女：「那麼，就和原來一樣，一年過一次聖誕節吧！」

聖誕節仙女當然同意了，因為這是一個古老的習俗，世世代代的人都喜歡一年過一次聖誕節。

給孩子的話

每天重覆過聖誕節，卻把人們平靜的生活打亂了，所有的麻煩都找上門來。這是一個錯誤的想法，小朋友千萬不要太貪心哦。